소중한 ＿＿＿＿＿＿＿＿＿＿＿＿＿＿ 에게

＿＿＿＿＿＿＿＿＿＿＿＿ 가(이) 선물합니다.

＿＿＿＿＿＿＿＿＿＿＿＿

천로역정

존 버니언 지음

1628년 영국의 베드퍼드셔에서 땜장이의 아들로 태어났습니다.
고향 마을 교회에서 기퍼드 목사를 만나면서 믿음의 삶을 시작했고, 결혼하면서
신부가 가지고 온 「천국에의 길」「신앙심과 실행」을 읽고 신앙에 대한 마음을 더욱 굳혔습니다.
설교자로서 명성을 얻었지만, 비국교파라는 이유로 1660년 국교회파의 박해를 받아 12년간
감옥 생활을 했습니다. 「천로역정」은 1675년 두 번째 감금을 당하였을 때 지은
작품으로, 소박한 문체로 그의 종교심을 잘 나타내고 있습니다.

권영상 엮음

강원일보 신춘문예와 아동문예 등을 통해 문단에 나와 어린이들과 만나게 되었습니다.
그동안 동화집 「개미 꼬비」, 동시집 「밥풀」을 비롯 20여 권의 책을 펴냈습니다.
소천아동문학상 · 새싹문학상 · 세종아동문학상 · MBC동화대상 등을 받았습니다.

2021년 11월 25일 2판 5쇄 **펴냄**
2012년 1월 10일 2판 1쇄 **펴냄**
2007년 11월 20일 1판 1쇄 **펴냄**

펴낸곳 (주)효리원
펴낸이 윤종근
지은이 존 버니언
엮은이 권영상 · **그린이** 장인한
등록 1990년 12월 20일 · **번호** 2-1108
우편 번호 03147
주소 서울시 종로구 삼일대로 457, 406호
전화 02)3675-5222 · **팩스** 02)765-5222

ⓒ 2007 · 2012, (주)효리원

ISBN 978-89-281-0147-4 64840

이메일 hyoreewon@hyoreewon.com
홈페이지 www.hyoreewon.com

천로역정

존 버니언 지음
권영상 엮음 · 장인한 그림

 효리원
hyoreewon.com

가난한 땜장이의 아들, 존 버니언

존 버니언은 1628년 잉글랜드 베드퍼드셔에서 땜장이의
아들로 태어났습니다. 집안 형편이 좋지 않아 글을 읽고
쓰기를 배울 무렵 공부를 그만두고 아버지의 일을
도왔습니다. 그러면서도 책 읽는 것을 워낙 좋아해서,
모험 이야기가 가득 담긴 책을 끊임없이 읽었습니다. 그뿐
아니라 설교집이나 순교자에 대해 쓴 책들도 닥치는 대로
읽었습니다. 그는 열여섯 살이 되던 해에 어머니와 여동생을
잃었습니다. 그로 인해 슬픔에 잠겼던 버니언은, 크롬웰의
의회군 수비대에 들어가 2년 동안 생활했습니다.
전쟁터에서 돌아온 버니언은 고향 마을의 교회에서
기퍼드 목사를 만났고, 1655년부터 침례 교회에서 믿음의

삶을 시작하게 되었습니다. 그 무렵 믿음이 깊은 마거릿

벤틀리라는 여성을 만나 결혼했습니다. 그때 버니언은

새 신부가 가져온 「천국에의 길」과 「신앙심과 실행」이라는 책을

읽고 신앙에 대한 마음을 더욱 굳혔습니다. 수많은 책을

읽는 한편 다양한 경험을 쌓으며 신앙심이 한층 깊어진

버니언은 설교하기를 좋아했습니다. 낮에는 땜장이 일을 하고,

밤에는 헛간이나 가게, 또는 마을의 공원 등에서 설교했습니다.

그는 설교를 아주 재미있게 하기로 유명했습니다.

그래서 그가 가는 곳에는 늘 사람들이 모여들었습니다.

그러다 1660년, 나라의 허가 없이 사람들을 모아 설교한다는

이유로 체포되어 12년 동안 감옥에 갇히게 되었습니다.

왕의 관용으로 풀려난 버니언은 1675년 두 번째로 감금을

당하게 되는데, 이때 「천로역정」을 지었습니다.

 그 후 감옥에서 풀려난 존 버니언은 자유롭게 설교하다

1688년 60세의 나이로 세상을 떠났습니다.　　엮은이 권영상

| 차례 |

| 제 1 부 |

위험한 모험을 통하여
간절히 소망하던 나라에
무사히 도착하기까지의 긴 여정을
꿈의 비유를 통해 보여 주는,
이 세상에서부터
다가올 주님 세상까지의 순례 행진.

−존 버니언−

크리스천, 길을 떠나다

나는 벌판을 걷다가 어떤 동굴 근처에 다다랐다.
그 동굴에 들어가 잠을 자던 나는 꿈을 꾸었다.
꿈 속에서 나는 허름한 옷을 입은 한 남자를 보았다.

그는 어깨에 아주 무거운 짐을 진 채, 책을 한 권 들고 있었다.
가만 보니, 책을 펴서 읽다가 갑자기 몸을 떨었다.
그러고는 또 무슨 괴로운 일이 있는지
슬픈 표정으로 소리쳤다.
"아, 어찌하면 좋을까?"
그는 소리 내어 울었다.

한참 동안 울던 그는 고통스러운 얼굴로 집으로 돌아갔다.

그는 아내나 자식들에게 괴로워하는 모습을 보이지

않으려고 애를 썼다. 그러나 안간힘을 다해 참고 또 참았지만

마음은 더욱 괴로웠다.

"여보, 할 이야기가 있다오."

그는 아내를 불렀다.

"애들아, 너희도 아빠 말을 좀 들어 보렴."

그는 아이들도 불러 앉혔다.

"내 마음을 괴롭히는 것이 있다. 내가 듣기로는

머지않아 하늘에서 불이 쏟아져 이 도시가

잿더미가 된다고 하더라."

그 말에, 둘러앉았던 식구들이 금세 돌아앉았다.

늘 듣던 말이기 때문이었다.

"우리는 구원받지 못하면 모두 죽는단다.

사랑스러운 너희들까지. 그런데 그 구원의 방법을

알지 못해 이처럼 괴롭구나."

식구들은 누구도 그 말이 사실이라고 생각하지 않았다.

혹시 미친 게 아닌지 걱정할 뿐이었다. 그래서 달래도 보고,

나무라도 보고, 퉁명스럽게 화도 냈다. 그러다가 하룻밤 자고

나면 괜찮아지겠지, 생각하기도 했다. 하지만 그는

한숨과 눈물로 꼬박 밤을 새웠다.

"좀 어때요? 마음이 좀 가라앉았나요?"

하룻밤 자고 난 뒤, 그의 아내가 물었다.

"우리가 구원받을 수 없으면 당신이나 아이들이나

모두 죽는단 말이오!"

그는 오히려 자기 말을 듣지 않는 식구들을 불쌍히 여겼다.

때로는 슬픈 마음을 달래기 위해 외로이 들판을 거닐거나

책을 읽었다. 또한 며칠이고 기도를 드리기도 했다.

그러다 견디기 힘들어지면 크게 소리치며 울부짖었다.

"어디로 가야 구원을 받을 수 있단 말인가!"

어디론가 떠나고 싶었지만 어느 길로 가야 할지

알지 못해 서성거릴 때였다.

"왜 그렇게 울고 있나요?"

한 사나이가 그에게 다가와 물었다.

"당신은 누구시지요?"

그는 지푸라기라도 잡는 심정으로 사나이에게 다가갔다.

"나는 전도자요. 왜 그리 불안해 합니까?"

"전도자님, 이 책에 보니 제가 곧 죽는다고 씌어 있군요.

죽어서는 심판까지 받는다고 합니다. 저는 죽고 싶지 않아요.

정말 죽기 싫습니다. 심판받기도 싫고요.

그러니 제가 왜 불안하지 않겠습니까?"

그는 전도자에게 넋두리를 했다.

"누구나 죽는데 그렇게까지 괴로워 할 게 뭐 있나요?

더욱이 이 세상은 온통 죄악으로 가득 차 있는데."

"제 어깨에 지워진 이 무거운 짐이, 저를 무덤보다

낮은 곳으로 끌고 가 지옥에 떨어뜨릴까 봐 무섭습니다.

게다가 심판에, 무서운 형벌까지 받아야 하다니오."

"그렇군요. 그런데 왜 거기 서 있기만 하나요?"

"어디로 가야 할지 몰라서 그런답니다."

그러자 전도자는 그에게 양가죽으로 된

두루마리를 건네 주었다.

"여기에 신의 분노를 피해야 할 이유가 적혀 있소."

두루마리의 글을 다 읽고 난 그가 전도자에게 물었다.

"이제 나는 어디로 피해야 할까요?"

"저쪽 멀리에 있는 좁은 문이 보이십니까?"

전도자가 먼 들판을 가리켰다.

"아니오."

"그러면 저쪽에 반짝이는 불빛은 보이나요?"

그는 다시 전도자가 가리키는 언덕을 바라보았다.

"보이는 것 같습니다."

"그럼 됐습니다. 저 불빛을 향해 똑바로 올라가 보세요.
그러면 조금 전에 제가 말한 좁은 문이 나타날 겁니다."

"문이 열려 있나요?"

"아니오. 두드리세요. 두드리면 누군가 나와
당신이 무슨 일을 해야 할지 알려 줄 겁니다."

나는 꿈 속에서, 그 사람이 전도자가 가리킨 쪽을 향해
뛰어가는 모습을 보았다. 그 사람의 이름은 크리스천이었다.

그 사람이 달려가자, 그의 아내며 아들들이
부리나케 뒤쫓아 나왔다.

"여보, 크리스천! 가지 말고 돌아와요!"

"아빠, 죽어도 우리와 함께 있어요!"

"가지 마세요!"

가족들은 울면서 그를 불렀다.

"생명! 생명! 생명!"

그는 두 손으로 귀를 틀어막으며

뒤도 돌아보지 않고 달려나갔다.

이웃 사람들이 그의 모습을 구경하려고 밖으로 나왔다. 그들은

도망치듯 뛰어가는 그를 조롱했다. 돌아오라고 협박하기도

하고 소리치기도 했다. 그들 중 두 사람이 그를 말리려고

끝까지 쫓아왔다. 한 사람의 이름은 옹고집이고, 또 다른

한 사람은 갈팡질팡이었다. 두 사람은 달려가 그를 따라잡았다.

"왜 날 따라오는 거요?"

크리스천은 자신을 따라잡은 사람들에게 불만을 터뜨렸다.

"당신을 집으로 데려가려고 왔소. 빨리 돌아갑시다."

"헛수고하지 마세요. 당신들이 살고 있는 곳은 내 고향일

뿐이오. 그러나 그곳은 곧 펄펄 타오르는 유황불로

멸망당할 거요. 당신들도 죽게 될 거고. 그러니 어서

나와 함께 좁은 문으로 갑시다."

그 말을 들은 옹고집이 어처구니없다는 듯 소리쳤다.

"뭐라고요? 당신 지금 제정신이요? 친구들을 버리라고요?

편안한 내 집과 내 가족을 버리라고요?"

"그래요. 그런 것들은 가치 없는 것들이지요.

제가 가는 곳에는 모든 것들이 넉넉한 까닭에

마냥 행복을 누릴 수 있답니다.”

그런 말에 옹고집이 순순히 물러설 리 없었다.

“당신이 고향을 버리면서까지 찾으려는 게 도대체 뭐요?”

“제가 찾고 있는 건, 썩지도 더러워지지도 않는 거예요.

결코 사라지는 법이 없는 하늘나라의 유산입니다.

열심히 찾는 사람들은 그것들을 받을 수 있어요.

이 책에 그렇게 씌어 있다오. 자, 한번 읽어 보시오.”

옹고집은 그가 내민 책을 내치며 다시 물었다.

“우리랑 집으로 돌아갈 거요, 안 갈 거요?”

“안 갈 거요.”

그가 단호하게 말했다.

“이 사람은 정신 나간 사람이니 그냥 돌아갑시다.”

옹고집이 갈팡질팡을 쳐다보며 말했다.

“내 생각으로는 다짜고짜 욕만 할 게 아닌 것 같군요.

어쩌면 이분이 찾고 있는 게 훨씬 값진 것일지도 모르오.

나는 이분과 함께 가겠소.”

“아니, 그걸 말이라고 하는 거요?

갈팡질팡 씨, 제발 정신 좀 차려요.”

“나는 이미 결정했소. 그러니 당신 혼자 돌아가시오.”

갈팡질팡의 말에 옹고집은 침을 퉤 뱉고는 돌아섰다.

옹고집이 마을을 향해 돌아가는 뒷모습을 바라보며

갈팡질팡이 그에게 물었다.

"당신은 그 즐거운 곳으로 가는 길을 알고 계신가요?"

"전도자라는 분이 말해 주었소. 저 좁은 문으로 서둘러 가면

우리를 안내해 줄 사람이 나타난다고."

"그렇다면 부지런히 갑시다."

이렇게 해서 갈팡질팡은 그와 함께 길을 떠났다.

그들은 서로 신의 분노와 죄에 대한 이야기를 나누며

들판을 가로질러 여행을 계속했다.

"자, 크리스천 씨! 이제 우리 둘뿐이오. 우리가 찾고 있는 게

도대체 무엇인지 말해 주시지요."

그는 들고 있는 책을 보여 주며 대답했다.

"이 책에 의하면 영원한 왕국이 있다는군요. 우리는 그곳에서

영원한 생명을 얻어, 죽지 않고 영원히 살게 되지요."

"그것 참 좋군요. 그리고 또 뭐라고 씌어 있지요?"

갈팡질팡은 그가 들고 있는 책을 신기한 듯이 바라봤다.

"그곳에는 슬픔도 눈물도 없다고 합니다. 왕궁의 주인이신

하나님께서 눈물을 닦아 주시니까요."

갈팡질팡이 또다시 물었다.

"그곳에서 우리는 누구와 함께 살게 되나요?"

그가 대답했다.

"천사들과 성녀들과 함께 삽니다. 먼저 온 우리들의 친구와
하나님을 만나 함께 살게 된답니다. 모두 아름다운 옷을 입고
있는 분들입니다. 우리는 그들과 같이 살게 될 겁니다."

"말만 들어도 황홀하군요. 어떻게 해야
그런 복을 누릴 수 있나요?"

"진정으로 원하면 그분들은 아무런 대가도 요구하지 않고

주신답니다."

그런 이야기를 하며 그와 갈팡질팡은 들길을 가고 있었다.

이야기가 끝나 갈 무렵이었다. 나는 꿈 속에서 그들이 들판

한가운데 깊게 파인 절망의 수렁 근처로 다가가는 것을 보았다.

두 사람은 아무 생각 없이 걷다가 그만 그곳에 빠지고 말았다.

빠져 나오려고 발버둥을 쳐 봤지만 점점 더 깊은 바닥으로

가라앉았다.

"크리스천 씨! 날 좀 살려 주시오."

갈팡질팡 씨가 허우적거리며 손짓했다.

"나도 어떻게 할 방법이 없다오."

그 말을 듣자 갈팡질팡 씨는 크리스천에게 쏘아붙였다.

"방법이 없다고? 이런, 재수 없는 놈!

당신이 나한테 말한 행복이란 게 이런 거였소?"

갈팡질팡 씨는 온 힘을 다해 버둥거려

마침내 수렁에서 빠져 나왔다.

"난 돌아가겠소. 당신 혼자 가시오."

나는 꿈 속에서, 갈팡질팡씨가 자신의 집에 도착하는 것,

그리고 크리스천이 수렁에서 간신히 빠져 나온 것을 보았다.

이제 혼자가 된 크리스천은 쓸쓸히 걸어갔다.

힘없이 길을 걷는 크리스천 앞에 한 신사가 나타났다.

그 신사의 이름은 세상지혜였다. 세상지혜는 크리스천 곁으로

다가와 얼핏 눈인사를 했다.

"저를 알아보시는군요."

세상지혜는 크리스천이 살던 곳에서 가까운,

아주 큰 도시에 살고 있었다.

"그렇게 무거운 짐을 지고 어디로 가는 길이오?"

세상지혜가 물었다.

"세상에 저같이 불쌍한 놈을 없을 겁니다. 저는 저쪽에 보이는 좁은 문으로 가는 길입니다. 거기에 가면 이 무거운 짐을 벗을 수 있는 방법을 가르쳐 줄 사람이 있다고 해서 가는 길입니다."

"그럼 내가 충고 하나 할 테니 들어 보겠소?"

"제겐 지금 당신 같은 분이 필요합니다.

말씀해 주세요."

크리스천은 사정하듯 매달렸다.

"당신에게 그 길을 안내한 놈은 전도자가 분명합니다."

"맞습니다. 그분은 전도자입니다."

"이런 빌어먹을 놈 같으니라고! 그런 못된 충고를 하다니.

이 길로 계속 간다면, 당신 앞엔 죽음이 닥칠 것이오."

"그렇다면 제가 이 짐을 벗고 좁은 문으로 갈 수 있는 길을

알려 주세요."

"물론 가르쳐 드리지요. 저쪽을 한번 보시오.

저기 보이는 곳이 도덕이라는 마을이오.

거기 가면 율법이라는 신사 양반이 있소. 그는 당신처럼

무거운 짐 때문에 정신이 약간 이상해진 사람들을

치료하기도 합니다. 그분의 도움을 받는 게 좋겠소.”
이 말을 들은 크리스천은 잠시 망설였다. 하지만 이처럼
훌륭한 신사가 거짓말을 할 리 없다고 생각했다.
“저쪽에 있는 높은 언덕이 보이시오?”
세상지혜가 높은 언덕을 가리켰다.
“네, 아주 잘 보입니다.”
“저 언덕 너머 첫 번째 집이 그분 댁이라오.”
크리스천은 언덕을 향해 부지런히 걸었다.
그러나 언덕 위에서는 불길이 활활 타오르고 있었다.
계속 올라가다가는 타 죽을 것만 같아 무서웠다.
크리스천이 두려움에 떨고 있을 때였다.
얼마 전에 만났던 전도자가 다가왔다.
전도자는 크리스천을 보자 엄한 표정으로 나무랐다.
“여기서 도대체 뭘 하고 있는 거요?”
크리스천은 뭐라고 대답해야 할지 몰라 그냥 서 있었다.
“왜 아무 대답도 하지 않는 거요?”
전도자는 거듭 재촉하며 나무랐다.
크리스천은 세상지혜를 만났던 일을
하나도 숨기지 않고 말했다.

"편한 길을 선택하려 하지 마시오. 당신은 지금
하나님의 말씀을 듣지 않고 편한 길을 택하려 했소.
편한 길이야말로 당신을 비참한 신세에 이르게 한다는
사실을 명심해야 합니다."
이 말을 들은 크리스천은 전도자의 발밑에
꿇어앉아 울부짖었다.
"아, 어쩌면 좋아요. 이제 나는 구원받기 틀렸군요."
"믿음 없는 사람이 되지 말고 믿는 자가 되십시오."
전도자가 부드러운 표정으로 말했다.
"이제 내 말을 잘 들으시오. 바른길에서 벗어나면 안 되오.
십자가를 미워해서도 안 되오. 세상지혜는
어울려서는 안 될 사기꾼이라오. 위선자이지요."
크리스천은 울음을 멈추고 전도자에게 물었다.
"선생님, 아직도 제게 구원에 대한 희망이 남아 있을까요?
지금이라도 좁은 문으로 가면 안 될까요?"
"너무 절망하지 마시오. 좁은 문에 서 계신 분은
친절하니까 당신을 받아 주실 겁니다."
전도자는 크리스천에게 입을 맞추고
미소를 지으며 하나님의 축복을 빌어 주었다.

좁은 문에 들어선 크리스천

크리스천은 세상지혜의 꼬임에 빠져, 옳지 않은 길로
갔던 것을 후회하며 부지런히 걸었다.
얼마 후 크리스천은 좁은 문에 도착했다.
그 문 위에는 '두드려라. 그러면 열릴 것이니라.' 라는 글귀가
적혀 있었다. 그는 문을 몇 번 두드리며 소리쳤다.
"들어가도 될까요? 옳지 않은 길로 갔던 저를
용서하시고 문을 열어 주세요. 그러면 하나님을
찬송드리겠습니다."
크리스천의 간절한 청을 듣고, 친절이라는 이름의
남자가 문을 열고 나왔다.

"당신은 누구신지요? 무슨 일로 오셨나요?"

친절이라는 남자가 물었다.

"저는 무거운 짐을 지고 가는 불쌍한 죄인입니다. 다가올

신의 분노를 피해 구원을 받으려고 시온 산으로 가는 길입니다.

제가 들어가도록 허락해 주시겠습니까?"

친절은 전도자의 말대로 마음씨가 착한 사람이었다.

"물론이지요. 어서 오세요."

친절은 크리스천을 위해 좁은 문을 열어 주었다.

"저같이 죄 많은 사람을 받아 주셔서 고맙습니다."

크리스천은 고개를 숙여 진심으로 인사를 했다.

"이곳에 온 이상, 예전에 무슨 일을 했던 상관하지 않는답니다.

예수님께서는 '내가 결코 내쫓지 않으리라.' 고

말씀하셨잖아요. 그러니 크리스천 씨, 저를 따라오시지요.

제가 당신이 가야 할 길을 알려 드리겠습니다."

친절은 앞에 난 반듯한 길을 가리켰다.

"저 앞에, 좁지만 자로 반듯하게 재어 놓은 듯한

길이 당신이 가셔야 할 길입니다.

반듯하고 좁은 길이 바른길이랍니다."

크리스천은 인사를 하며 등에 멘 무거운 짐을 가리켰다.

"이 무거운 짐을 좀 벗겨 줄 수는 없나요?"

"구원의 장소에 이를 때까지는 꾹 참고 가셔야 합니다.

그곳에 다다르면 저절로 떨어져 나갈 것입니다."

크리스천은 하는 수 없이 다시 길을 떠났다.

"그 길로 계속 가면 당신은 해석자의 집에

다다르게 될 겁니다."

뒤에서 친절 씨의 따뜻한 목소리가 들려왔다. 크리스천은

해석자의 집에 도착할 때까지 쉬지 않고 부지런히 걸었다.

마침내 그의 집 앞에 이르러 문을 두드렸다.

"누구신가요?"

"저는 길을 가는 순례자입니다. 한 전도자께서

이 댁에 들르면 주인어른께서 유익한 것을 가르쳐

주실 거라고 말했습니다. 주인어른을 좀 뵙고 싶습니다."

하인이 문을 열었다. 그리고 얼마 후 주인이 나왔다.

주인의 이름은 해석자였다. 크리스천은

시온 산에 가는 길이며, 여기에 들르면 여행에 도움이 되는

멋진 것들을 보여 줄 거라고 했다는 말을 했다.

"아, 그러시다면 이리로 들어오시지요.

도움이 되는 것들을 보여 드리겠습니다."

해석자는 촛불을 켜 들고, 은밀한 방으로 크리스천을 안내했다.

방문이 열리자 근엄한 얼굴을 그린 초상화가 나타났다.

그는 손에 훌륭해 보이는 책을 들고 있었고, 입술에는

진리의 법이 새겨져 있었다. 머리에는 황금 면류관을 썼고,

뭔가 간절하게 호소하는 모습이었다. 그런 그의 뒤에는

온 세계가 펼쳐져 있었다.

"이 초상화는 무엇을 뜻하나요?"

크리스천은 궁금하기만 했다.

"이것은 하나님을 섬기고 사랑하기 때문에 이 세상 모든

것들을 버릴 수 있는 사람만이, 다가올 세상에서 영광의 보상을

받게 된다는 뜻의 그림입니다. 제가 이 그림을

당신에게 보여 드린 이유를 말씀드리지요."

해석자가 크리스천의 얼굴을 바라보았다.

"당신이 가고자 하는 곳의 주인께서는 저 그림 속 인물을

하나뿐인 인도자로 인정하셨습니다. 이분은 앞으로 당신이

겪을 시련과 고통에서 구해 주실 것입니다."

말을 마친 후, 해석자는 크리스천의 손을 잡고

이번에는 작은 방으로 안내했다.

방 안에는 두 소년이 각기 자신의 의자에 앉아 있었다.

그 중 나이 많은 소년의 이름은 욕망이었고,

나이 어린 소년의 이름은 인내였다.

욕망은 불만스러운 표정을 짓고 있었고,

인내는 평온한 얼굴을 하고 있었다.

"욕망은 왜 저런 표정을 짓고 있나요?"

크리스천이 물었다.

"아버지가 내년에 좋은 선물을 준다며 기다리라고 했거든요.

그런데 욕망은 지금 당장 갖겠다고 투정을 부리고 있습니다.

그러나 인내는 아주 잘 참으며 기다리고 있지요."

그때 어떤 사람이 보물 자루를 가져와 욕망의 발아래에 쏟았다.

"보물은 나를 행복하게 해 주지."

욕망은 보물을 집어 들며 기뻐했다.

그러나 잠깐 사이에 그것을 다 써 버리고 말았다.

욕망에게 남은 것은 오직 보잘것없는 빈 자루뿐이었다.

"이건 또 무엇을 뜻하는 것이지요?"

크리스천이 또 물었다.

"이 그림에 나오는 욕망이라는 소년은 욕심 많은 이 세상

사람이고, 인내라는 소년은 다가올 세상에 속한 사람들을

상징합니다. 욕망은 항상 '지금 당장!', '반드시 올해

안에' 라고 말하지요. 뭐든 살았을 때 다 가져야 직성이 풀리는
사람입니다. 하지만 욕망이란 순식간에 사라지는 법입니다."
해석자의 말에 크리스천이 대꾸했다.
"인내가 최고의 지혜를 가지고 있다는 걸
이제야 알겠습니다. 가장 좋은 걸 얻기 위해서는
기다릴 줄도 알아야 한다는 사실도 깨달았어요."
"그렇습니다. 이 그림은 욕심내지 말고, 다가올 세상을
기다릴 줄 아는 사람이 되라는 걸 가르쳐 주고 있습니다."
이번에는 해석자가 크리스천을 벽 뒤쪽으로 데리고 갔다.
거기에는 손에 기름통을 든 사람이 있었다.
그는 쉬지 않고 불에 기름을 붓고 있었다.
"이것은 또 무엇을 뜻하는 그림입니까?"
크리스천이 물었다.
"이분은 그리스도이십니다. 하나님의 뜻이 이루어지도록 계속
은혜의 기름을 붓고 계신 겁니다. 이분이 계시기에 하나님의
백성들 모두의 영혼에 언제나 은혜가 넘치는 거랍니다."

해석자는 또다시 크리스천의 손을 이끌었다.
이번에는 멋진 궁전 앞으로 갔다. 궁전은 웅장하고 화려했다.

크리스천은 궁전을 보고 매우 기뻐했다.

해석자는 크리스천을 궁전 앞까지 데리고 갔다.

문 앞에는 어떤 사람이 책상 의자에 앉아

궁전 안으로 들어갈 사람들의 이름을 적고 있었다.

문 바로 앞에는 무장한 병사들이 함부로 들어가지 못하게

위협하고 있었다. 사람들은 들어가고 싶어했지만

병사들이 무서워 가까이 가지 못했다.

그때 힘이 세어 보이고 우락부락하게 생긴 남자가 나타났다.

그는 다짜고짜 이름을 적고 있는 책상 앞으로 다가갔다.

"선생님! 제 이름을 적어 주십시오."

자신의 이름을 적자, 그 남자는 곧바로 투구를 쓰고 칼을

빼 들며 병사들을 향해 달려갔다. 한동안 병사들과 싸우던

남자는 기어이 병사들을 물리치고 궁전 안으로 들어갔다.

바로 그순간, 궁전 안에 있던 사람들이 궁전 꼭대기를

거닐고 있는 세 사람과 함께 기쁜 소리로 외쳤다.

"들어오라. 어서 들어오라!

그대들 영원한 영광을 얻게 되리라."

그 남자는 황금빛 찬란한 옷을 입고 있었다.

"저도 이 일이 가리키는 뜻을 알 수 있을 것 같군요.

이제 다시 길을 떠나야겠습니다."

크리스천은 입가에 미소를 지으며 말했다.

그러자 해석자는 크리스천의 손을 잡았다.

"아니오. 아직 보여 드릴 게 더 있습니다. 마저 보고 가세요."

해석자는 크리스천의 손을 이끌고 컴컴한 방으로 안내했다.

방 안에는 쇠창살 달린 감방이 하나 있었고, 그 안에는

한 남자가 앉아 있었다. 그의 표정은 슬퍼 보였다.

그는 팔짱을 낀 채 가슴이 찢어질 듯 한숨을 내쉬고 있었다.

"당신은 왜 그러고 있지요?"

크리스천은 궁금한 나머지 직접 그 남자에게 물었다.

"제가 옛날에는 이러지 않았는데 지금은 이 꼴이랍니다."

그 남자가 한숨을 푹 내쉬며 말했다.

"그럼, 전에는 어떤 분이었는데요?"

"저도 옛날에는 하늘나라에 들어가기에 아주 합당한

신앙인이었지요. 그런데 지금은 쇠창살 안에 갇혀 있는 것처럼

절망에 빠졌답니다. 여기서 나갈 수가 없군요."

"어쩌다 그렇게 되셨나요?"

"말씀의 빛과 하나님의 선함을 거스르는 죄를 지었답니다.

내 마음 안에 있는 성령님을 아프게 해서 그분이

떠나가시도록 만든 거지요. 그분이 나가시고 나니

그 자리에 마귀가 들어왔고, 그 때문에 하나님이 화가 나신

거랍니다. 그래서 하나님도 저를 버리셨지요."

그 남자는 눈물을 글썽이며 슬퍼했다.

"그럼, 당신에겐 이제 아무런 소망도 남아 있지 않나요?"

크리스천이 다시 물었다.

"전혀 없답니다. 전혀!"

"왜지요? 하나님의 아들은 매우 인정이

많은 분이시잖아요. 그런데 소망이 없다니오?"

"저는 그분의 인격을 모독하고 그분의 의로우심도 깔보았지요.

저는 그분을 십자가에 못 박은 놈입니다."

"무엇이 당신을 그렇게 만들었나요?"

그 남자가 가슴을 치며 말했다.

"이 세상의 욕심과 쾌락을 즐기다가 이렇게 됐습니다. 많은 걸

가지면 행복해지리라 믿었지요. 그러나 불행뿐이었습니다."

"크리스천 씨! 이 사람의 비참한 신세를 기억하고,

항상 교훈으로 삼으시길 바랍니다."

곁에 서 있던 해석자가 크리스천에게 얘기했다.

"정말로 무서운 일이군요. 하나님께서, 제가 항상

조심하고 깨어 있게 도와 주시기를!"

크리스천은 조용히 눈을 감고 기도했다.

"자, 이제 떠나야 할 시간이 다가온 듯합니다."

크리스찬이 작별의 인사를 건네자, 해석자가 또다시

손을 잡았다.

"보셔야 할 것이 한 가지 더 남았습니다.

너무 서두르지 마세요."

해석자는 크리스천의 손을 잡고 또 다른 방으로 인도했다.

그곳에는 잠자리에서 막 일어난 사람이, 두려움으로 온몸을

떨면서 주섬주섬 옷을 챙겨 입고 있었다.

"이 사람은 왜 이렇게 떨고 있나요?"

크리스천이 또 물었다. 해석자 대신, 떨고 있는 남자가 나섰다.

"지난 밤에 자다가 꿈을 꾸었습니다. 하늘에서 천둥 번개가

치고 난리였지요. 큰 나팔 소리와 함께 수많은 천사들의 호위를

받으며 구름을 타고 오는 분이 있었습니다.

그분은 세상을 향해 소리쳤습니다. '죽은 자들아! 깨어 일어나

심판을 받으러 오너라.' 라고요. 그러니까 바위가 갈라지고

무덤이 열리면서 죽은 자들이 무덤 속에서 뛰쳐 나와

이리저리 달아났습니다."

그는 잠시 크리스천을 바라보다 말을 이었다.

"구름 위에 앉은 분이 다시 외쳤지요. '가라지와 쭉정이와
검불은 모두 불타는 연못에 던져 버려라!' 라고요.

또 '알곡은 모아서 창고에 쌓아 두어라!' 하고 말씀하시자
많은 사람들이 구름 위로 들려 올라갔습니다.

하지만 죄 많은 저는 못 올라가고 이렇게 남았습니다.

여기까지 꿈을 꾸다가 깨었습니다."

"크리스천, 당신도 이런 일에 대해 생각해 보신 적이 있나요?"

"있다마다요. 두려운 일입니다."

"자, 그럼 지금까지 본 것들을 모두 마음에 새겨
앞으로의 여행에 좋은 힘이 되길 바랍니다."

"명심하겠습니다."

크리스천은 해석자에게 고맙다고 인사했다.

"우리 성령님께서 늘 당신과 함께하셔서 하늘나라까지
가는 동안 당신을 인도해 주시기를 바랍니다."

해석자도 예의바르게 인사했다.

크리스천은 다시 길을 떠났다.

겸손의 골짜기에서 만난 아볼루온

"이곳에서 신기하고
유익한 것들을 나는 보았지.
즐거워하는 모습도
두려워하는 모습도 모두
구원의 길을 가는 내게
마음의 안정을 주었지.
내가 여기서 본 모든 것들을
마음 깊이 새기고 깨닫게 해 주소서.
오, 착하신 해석자님.
진심으로 진심으로 감사드립니다."

크리스천은 홀로 노래를 부르며 구원의 길을 떠났다.

크리스천이 가는 오르막길 양 옆에는 벽으로 울타리가

둘러쳐져 있었다. 이 벽의 이름은 구원이었다. 크리스천은

등에 진 무거운 짐 때문에 허덕거리며 올라갔다. 얼마 동안을

걸어가니 언덕이 나왔다. 그 위에 십자가가 서 있었다.

크리스천은 그 자리에 서서 십자가를 우러러보았다.

"아니, 세상에!"

그순간, 크리스천은 깜짝 놀랐다.

자신을 짓누르던 무거운 짐이 풀어져 언덕 아래 무덤 속으로

굴러가서는 사라졌다. 크리스천은 기쁜 마음에 소리를 쳤다.

"주께서 나의 고통을 아시고 나에게 새로운 생명을 주셨구나!"

크리스천은 십자가를 바라보는 것만으로, 짐이 벗겨지고

이렇게 편해질 수 있다는 사실에 놀랐다. 그는 기쁜 마음으로

눈물을 흘리며 십자가를 바라보고 또 바라보았다.

그때 세 천사가 나타났다. 그 가운데 첫 번째 천사가 말했다.

"당신은 죄를 용서받았습니다."

두 번째 천사는 크리스천의 누더기 옷을 벗기고 새 옷으로

갈아입혀 주었다. 세 번째 천사는 크리스천에게, 천국으로 가는

길에 읽어 보라며 두루마리 하나를 건네 주었다.

경이로운 일에 깜짝 놀랐던 크리스천이 문득

정신을 차리고 보니 천사는 모두 사라지고 없었다.
크리스천은 기쁜 마음으로 다시 길을 떠나
언덕 기슭까지 갔다. 그곳에서 발목에 쇠고랑을 차고
잠들어 있는 세 명의 남자를 만났다.
그들의 이름은 멍청이, 게으름뱅이, 몰염치였다.
크리스천은 그들을 깨워 쇠고랑을 풀어 주겠다고 했다.
그러나 그들은 크리스천의 친절을 거절했다.
"우리들 일에 참견하지 말고 당신이나 잘 하시구려.
우리들은 잠이나 자겠소."
야속하긴 했지만 크리스천은 그들을 두고 다시 길을 떠났다.
한참 가는데 이번에는 담장을 타고 넘어오는 두 명의 남자를
만났다. 한 사람은 겉치레였고 한 사람은 위선이었다.
크리스천은 그들에게 말을 걸었다.
"신사 양반들! 어디에서 오시는 길입니까?"
"우리는 헛된 영광이라는 땅에서 태어난 사람들인데
시온 산으로 찬양드리러 가는 길이라오."
두 사람이 대답했다.
"왜 문으로 들어오지 않고 담을 타고 넘어오시나요?"
"문으로 들어가려면 너무 멀리 돌아가야 하니까요.

그래서 이렇게 지름길을 찾아 담을 타고 넘어온 거라오."

"그건 하늘나라의 주님께 죄가 되는 일 아닌가요?

바른길로 가라는 하나님의 뜻을 어기는 거잖아요?"

크리스천은 예의바르게 말했다.

"참, 고지식한 사람하군. 당신이나 그렇게 하시오.

담을 넘어 지름길로 오는 건 우리 마을의

오랜 습관이오. 그게 뭐 어떻다는 거요?"

"습관이라고요? 잘못된 습관이 주님의 법정에서

인정받을 수 있을까요?"

"천 년이 넘도록 지켜 온 습관이오. 당신은 문으로 들어온

모양이지요? 그래, 좋소! 우리는 담을 타고 넘어왔소.

하지만 당신하고 다를 게 뭐요? 당신이나 우리나 모두

이 문 안에만 들어와 있으면 되는 거 아니오?"

그 말을 들은 크리스천이 대답했다.

"저는 하나님의 법에 따라 행동했지만 당신들은 법을 어겼소.

하나님의 자비심을 얻지 못하고 내키는 대로

들어왔으니 결국 이 길에서 쫓겨날 거요."

"걱정도 팔자요. 남 걱정 말고 당신이나 잘 해요."

겉치레가 그렇게 쏘아붙였다.

크리스천은 더는 대꾸하지 않고
저만큼 걸어 나갔다.
크리스천은 힘든 일이 있을
적마다 천사가 준 두루마리를
꺼내 읽었다. 그때마다 새 힘이
솟는 것을 느낄 수 있었다.
크리스천은 계속 걸어 고난의
언덕 기슭에 닿았다.
샘물이 있는 곳에서 좁은
문까지는 길이 곧게 나 있었다.
그런데 그 길 말고도 두 개의 길이
또 있었다. 하나는 왼쪽으로,
또 하나는 오른쪽으로 굽어
있었다.
그런데 곧게 뻗은 길은 오르기
힘들고 가팔랐다.
크리스천은 샘물을 마시고
곧은길을 택해 노래를 부르며
걸었다.

"언덕이 높다 한들 왜 못 오를까.

이 길이 나를 구원하는 길이라면

못 오를 게 뭐야.

가자, 겁내지 말고, 두려워 말고.

굽은길은 오르기 쉽겠지만

나는 옳고 바른길을 가리."

그 무렵 겉치레와 위선도 언덕 기슭에 닿았다.

그들은 곧은길이 가파른 걸 보고는 굽은길을 택했다.

겉치레는 왼쪽 길을, 위선은 오른쪽 길을 택해 걸었다.

그 길들이 모두 언덕 너머에 가면 한 길로 만날 것이라고

생각했다. 그러나 겉치레는 숲 속에서 길을 잃었고, 위선은

넓은 벌판을 헤매다가 쓰러져 다시는 일어나지 못했다.

언덕으로 올라간 크리스천의 눈앞에 잘 지어진 정자가 보였다.

크리스천은 거기에 앉아 땀을 닦으며 두루마리를 꺼내 읽었다.

글을 읽을수록 몸이 가뿐해지고 힘이 났다. 또 십자가 옆에서

받은 옷은 살펴볼수록 마음을 새롭게 만들었다.

기분이 좋아진 크리스천에게 살며시 졸음이 찾아왔다.

거의 밤이 될 때까지 깨어나지 못하고 졸던

크리스천은 손에 쥔 두루마리를 떨어뜨리고 말았다.

그때, 누군가가 그의 귀에 대고 소리쳤다.

"게으른 자여, 개미에게 가서 그가 하는 것을

보고 지혜를 얻으라."

그 소리에 놀라 깬 크리스천은 벌떡 일어나

언덕 꼭대기까지 서둘러 올라갔다.

그때 저쪽 앞에서 두 남자가 급하게 달려오고 있었다.

한 사람은 겁쟁이였고, 다른 사람은 의심쟁이었다.

"도대체 무슨 일이 있기에 이렇게 허겁지겁 달려오십니까?"

크리스천이 물었다.

"우리는 시온 산으로 가려고 이 언덕길을 올라왔지요.

그런데 산은 올라갈수록 험하고 위험합니다.

그래서 아예 포기하고 돌아가는 중입니다."

그렇게 말하는 사람은 겁쟁이었다.

"맞다오. 게다가 저쪽 앞길에는 사자 두 마리가

잡아먹을 듯이 하고 있답니다. 아예 갈 생각도 하지 마세요."

의심쟁이가 말했다.

"듣고 보니 두려운 마음이 드네요. 하지만 어디 간들

안전할까요? 어차피 안전한 곳은 하늘나라밖에 없어요.

집으로 돌아가 봐야 기다리는 건 유황불 세례밖에 없을 텐데요.

이 길 앞에 죽음의 두려움이 있더라도 나는 가겠습니다."

겁쟁이와 의심쟁이는 크리스천의 말을 다 듣기도 전에

언덕을 뛰어 내려갔다. 그들의 뒷모습에 잠시 눈길을 주던

크리스천은 돌아서서 가던 길을 재촉했다.

그러나 가면서 생각해 보니 조금 두려웠다.

마음의 안정을 얻기 위해 품 속의 두루마리를 찾았다.

그런데 두루마리가 없었다. 가만히 생각해 보니

잠을 자던 정자에서 잃어버린 게 분명했다.

"정신을 잃고 대낮에 잠을 자다니!

이게 무슨 헛걸음이란 말인가?"

크리스천은 되돌아 정자를 향해 갔다.

가면서 생각해도 부끄러웠다. 이렇게 되돌아가는

자신이 답답하고 미웠다. 두루마리는 자신의 생명을

보장해 주는 것이었고, 그토록 간절히 바라던

하늘나라로 들어갈 수 있는 통행증이었다.

슬픈 마음을 억누르며 정자에 도착했다.

다행히 정자 밑에 떨어진 두루마리를 찾았다.

크리스천은 품에 두루마리를 넣고

또다시, 점점 어두워지는 길을 향해 떠났다.

"아, 죄악의 잠이여. 너 때문에 길을 다 가지도 못하고

밤을 맞았구나. 망할 놈의 잠!"

크리스천은 중얼거리며 계속 앞으로 나아갔다.

그때 문득 눈을 들어 앞을 보니 매우 웅장한 궁전이 하나

보였다. 그 궁전의 이름은 아름다움이었다.

그 궁전 앞에는 작은 오두막이 있었다.

크리스천은 어둡고 좁은 길을 조심조심

걸어가다가 사자 두 마리를 만났다.

"크르르릉!"

사자는 금방이라도 잡아먹을 듯이

시뻘건 입을 벌리며 울부짖었다.

"사람 살려!"

크리스천이 소리치며 돌아설 때였다.

"그렇게도 용기가 없습니까?"

오두막집에 사는 문지기가 소리쳤다.

"물려 죽을지도 모르잖아요!"

"사자를 잘 보십시오."

사자를 자세히 보니 모두 쇠사슬에 묶여 있었다.

"아니, 저런 사자를 왜 여기에……?"

"그건 신에 대한 믿음이 있는지 없는지를

시험하기 위해서입니다."

문지기는 크리스천을 진정시키기 위해 껄껄 웃었다.

"그랬군요. 그런데 이 댁에서 하룻밤 묵어 갈 수는 없을까요?"

크리스천은 문지기에게 물었다.

"물론이지요. 이 집은 나그네들이 쉬어 갈 수 있도록

만들었습니다. 제가 이 집 아가씨를 불러 드릴게요.

그분들과 이야기를 나누면서 밤을 보내시지요."

문지기는 안으로 들어갔다.

잠시 후 문지기가 신중, 경건, 자선이라는

세 아가씨를 데리고 나왔다.

크리스천은 저녁 식사가 준비될 때까지 앉아서 이야기를

나누었다. 이윽고 음식이 나오자, 모두 식탁에 앉았다.

기름진 음식과 오래 저장해 두었던 포도주가 나왔다.

식사를 하며 서로 나눈 이야기는 주로 이 언덕의

주인에 관한 내용이었다. 주로 그분이 지금까지

하신 일들, 그분이 그런 일들을 하신 이유,

이 집을 지으신 이유 등이었다. 그분은 위대한 용사였다.

"사람들에게, 그분께서 싸우다가 많은 피를 흘리셨다고

들었습니다. 나라를 무척 사랑하셨기 때문이 아닐까 합니다.

그런데 그분을 따르던 몇몇은 그분이 십자가에 매달려

돌아가신 후에도 그분과 함께 지냈다고 합니다.

가엾은 이들을 구원하기 위해 그분께서는 스스로

영광을 버리셨다는 말씀도 들었답니다."

크리스천은 들은 대로 이야기했다.

밤늦도록 대화를 나누던 크리스천과 아가씨들은

주님께서 자신들을 보호해 주시기를 기도드렸다.

그러고는 잠자리에 들기 위해 일어났다.

다음 날 동이 틀 무렵에 일어난 크리스천은 노래했다.

"내가 지금 머무는 곳은 어디지?

예수님께서 순례자를 위해 마련하신

사랑과 보호가 넘치는 곳이네.

내 죄도 용서해 주셨으니

천국도 이제 멀지 않았네."

"집에 있는 귀한 것을 보여 드릴 테니

구경이나 하고 떠나시지 않겠습니까?"

아침이 되자, 아가씨들이 크리스천을 붙잡았다.

"좋습니다."

크리스천은 기꺼이 청을 받아들였다.

크리스천을 데려간 곳은 책이 많이 꽂혀 있는 방이었다.

"이 책들에는 어떤 내용이 담겨 있지요?"

크리스천은 궁금해 물었다.

"이 언덕 주인의 족보랍니다. 그러니까 영원 전부터
계신 분이며, 그분이 이제껏 하신 일들, 그분이 일을
맡기신 수백 명의 이름, 그리고 그들을 탄탄한 집에서
살게 하셨다는 이야기들입니다."

그리고 난 다음에는 책을 뽑아 읽어 주었다.

책에는 이방 민족들을 이긴 이야기, 어떻게 그들이
의로운 일을 행하였는지, 어떻게 사자의 입을 막았고,
어떻게 맹렬히 타는 불을 꺼 버렸는지 등의 내용이 씌어
있었다. 그뿐 아니라 그분의 인격과 행동을 모욕한
사람들까지도 사랑으로 받아 주신 이야기들이 적혀 있었다.

다음 날이었다. 아가씨들은 크리스천을 데리고
이번에는 무기 창고로 갔다.

거기에는 주인께서 순례자들에게 주려고 마련해 두신
온갖 종류의 무기들과 닳지 않는 신발이 있었다.

"이것들은 주인의 종들이 놀라운 일을

행할 때 사용했던 도구들입니다."

아가씨가 가리키는 곳에는 정말로

말로만 듣던 도구들이 있었다.

모세의 지팡이, 야엘이 시스라를 죽일 때 썼던 말뚝과 망방이,

기드온이 미디안 군대와 싸울 때 쓴 항아리와 나팔과 횃불,

다윗이 골리앗을 쓰러뜨렸던 물매와 돌, 또 주인님께서

장차 심판하실 날에 죄인들을 죽이실 칼이 있었다.

그것들을 다 보는 데만 하루가 걸렸다.

다음 날 아침, 잠자리에서 일어나자

또 아가씨가 찾아왔다.

"오늘은 기쁨의 산골 마을을 보여 드릴게요."

"좋습니다."

크리스천은 아가씨를 따라 지붕 꼭대기로 올라갔다.

"저기 남쪽을 보세요."

아름다운 산골 마을이 보였다.

울창한 나무들, 포도원, 온갖 과일나무, 꽃과 샘과

분수들이 어우러진 그곳은 너무나 아름다웠다.

"저처럼 아름다운 곳은 대체 어디지요?"

크리스천이 발돋움을 하며 물었다.

"임마누엘의 땅입니다. 순례자들이 지친 몸을
쉬어 갈 수 있도록 만든 곳이랍니다."

그러면서 아가씨는 말을 이었다.

"그곳에 가면 하늘나라로 들어가는 문이 보이고,
거기에서 살고 있는 목자들도 만나게 될 것입니다."

크리스천은 부럽고 놀라운 마음으로 그 풍경에
흠뻑 빠졌다. 그곳에 가지 못하는 것이 아쉬웠지만
길을 떠나는 것을 마냥 미룰 수는 없었다.

크리스천은 아가씨들에게 감사의 인사를 드리고 길을 떠났다.

언덕 밑에 이르자, 겸손의 골짜기가 나왔다.

크리스천은 그곳에서 큰 어려움을 맞게 되었다.

들판을 가로질러 다가오는, 아주 추악하게 생긴 괴물과
마주친 것이었다. 그 괴물의 이름은 아볼루온(지옥의 사자, 즉
아바돈)이었다. 보기만 해도 소름이 끼칠 정도로 무시무시했다.

물고기 비늘 같은 것이 온몸에 덮여 있었으며
용의 날개와 곰의 발을 가지고 있었다.

겁을 집어먹었지만, 크리스천은 도망가야 할지

한번 부딪쳐 볼 것인지 망설였다.

'한번 싸워 보자.'

크리스천은 마침내 그렇게 마음을 먹고 아볼루온과 마주 섰다.

그러자 아볼루온은 배에서 시뻘건 불과 연기를 뿜었다.

"웬 놈이냐?"

아볼루온이 소리쳐 물었다.

"나는 악의 소굴, 멸망의 도시에서 나와

시온 산으로 가는 사람이다."

떨리기는 했지만 크리스천은 괴물을 똑바로 쳐다봤다.

"멸망의 도시에서 왔다고? 아니 그럼, 네놈은

나의 부하가 아니냐? 너는 내가 멸망의 도시를 지배하는

왕이며 신이란 사실을 아느냐, 모르느냐?"

"내가 너의 나라에서 태어난 건 사실이다. 하지만

너를 섬기는 건 싫다. 너는 우리를 너무나 괴롭혔다."

"나의 백성이면 당연히 내게 충성을 바쳐라.

그러지 않고 어딜 도망가려는 거냐?"

아볼루온이 불을 뿜으며 소리쳤다.

"나는 이미 왕 중의 왕이신 분께 나의 모든 것을 바쳤다.

그런데 어떻게 네게 충성하겠는가?"

크리스천은 망설이지 않고 말했다.

"하하하, 그 자의 종이 되겠다고? 그 자에게 모든 걸
바쳤다는 이들도 얼마 못 가 다 내게로 돌아왔다.
이제라도 내게 돌아오면 용서해 주겠다."

"이 망할 놈의 아볼루온아, 내 말 잘 들어라. 그분은 이미
내 죄를 용서해 주셨다. 나는 그분만 따르겠단 말이다.
알겠느냐? 그러니 더 이상 날 설득하지 마라."

"웃기지 마라. 그 자는 원수들의 손아귀에서
자신의 종들을 구하고자, 한 번도 집을 나선 적이 없다.
비참한 최후를 맞지 말고 마음을 바꾸어라."

"그분이 지금 당장 자신의 종들을 구하지 않고
기다리며 참으시는 것은 다 그분에 대한 우리의 사랑을
시험해 보려고 그러시는 거다. 너는 그분의 종들이
비참하게 죽는다고 하지만 그들은 오히려
그런 죽음을 영광스럽게 생각한다."

"네놈이 섬기는 그 왕은 나와 철천지원수다.
내가 여기에 일부러 온 것도 너를 해치우기 위해서다."

아볼루온은 벌컥 화를 내며 소리쳤다.

"날뛰지 마라. 내가 지금 걷는 길은 바로 그 왕의 길이고

거룩한 길이다. 그러니 조심하는 편이 좋을 것이다."

크리스천의 말에 아볼루온은 길을 가로막으며 고함을 질렀다.

"지옥에 두고 맹세하건대 네놈은 한 발자국도

못 가고 내 손에 죽을 것이다!"

괴물은 크리스천을 향해 불붙은 창을 던졌다.

크리스천은 방패로 창을 막으며 한 손으로 칼을 빼 들었다.

"겁도 없이 내게 맞서다니!"

아볼루온은 많은 창을 소낙비처럼 한꺼번에 날리며

크리스천에게 덤벼들었다. 크리스천은 반나절 이상이나

아볼루온과 싸웠다.

그러다가 크리스천은 그만, 아볼루온이 던진 불붙은 창에

상처를 입고 말았다. 차츰차츰 온몸의 힘을 잃어 갔다.

크리스천은 더 이상 버티지 못하고 손에 든 칼도 놓쳐 버렸다.

"아주 끝장을 내 주마!"

아볼루온이 소리치며 있는 힘을 다해 달려들었다.

바로 그때였다.

"나는 쓰러질지라도 일어나 너를 물리치리라!"

하나님의 목소리가 크리스천의 몸 안에서 울렸다.

그순간, 폭풍 같은 힘이 샘솟았다. 크리스천은 다시

칼을 집어 들고 있는 힘을 다해 아볼루온을 찔렀다.
"으악!"
아볼루온은 뒤로 나자빠졌다.
더는 이길 수 없다고 생각한 아볼루온은
날개를 펼쳐 급히 도망을 쳤다.

나는 이 싸움이 어떠했는지, 얼마나 무시무시했는지
하나도 놓치지 않고 보았다. 괴물 아볼루온이 도망친 후
입가에 미소를 짓는 크리스천의 모습도 보았다.
싸움이 끝나자 크리스천은 싸움을 도와 주신
하나님께 감사의 노래를 불렀다.

"무시무시한 괴물 아볼루온이
날 죽이려고
내게 달려들었지.
그렇지만 축복의 천사장 미가엘이
나를 도와 주셔서
단칼에 그를 쫓아 버렸네.
주님께 찬송드립니다.
거룩한 그 이름에 감사드립니다."

허영의 시장을 지나가다

노래를 마치자, 생명나무 잎사귀를 든 손이
크리스천 앞에 나타났다.
그것을 받아 싸움에서 입은 상처에 붙였다.
그러자 상처가 순식간에 아물었다.
길을 가는 크리스천 앞에 또 다른 골짜기가 나타났다.
하늘나라로 가는 길은 이 골짜기 한가운데로 나 있었는데
매우 한적했다. 이곳은 선지자 예레미야가 '광야, 곧 사막과
구덩이의 땅'이라고 부를 만큼 사람이 살기 힘든 땅이었다.
나는 꿈 속에서, 크리스천이 사망의 음침한 골짜기 입구에
이르러 두 남자와 만나는 것을 보았다.

"어딜 그렇게 급히 가시나요?"

크리스천이 두 남자에게 물었다.

"되돌아가시오. 당신도 목숨이 아깝거든 어서 돌아가시오.

가 봐야 이로울 게 하나도 없다오."

그들은 두 손을 내저으며 말렸다.

"대체 무슨 일인가요?"

"골짜기가 검정 엿처럼 새까맣고, 어둠 속에 온갖 마귀들과

귀신들이 우글거리고 있다오. 쇠사슬에 묶여 울부짖는

사람들로 가득 차 있소. 한마디로 그 골짜기는 정상적인

것이라곤 하나도 없는 죽음의 골짜기요."

"그래도 제가 가고자 하는 하늘나라에 이르는

길은 이 길밖에 없습니다."

두 남자는 가련하다는 얼굴로 크리스천을 쳐다봤다.

"굳이 간다면 말리진 않겠소."

두 남자는 가던 길로 가고, 크리스천 혼자 걸었다.

나는 꿈 속에서, 그 골짜기가 끝나는 곳까지 오른쪽에 깊은

구덩이가 파여 있는 것을 보았다. 구덩이는 소경이 소경을

인도하다가 비참한 최후를 맞았다는 그 구덩이였다. 다윗 왕도

한때 이 구덩이에 빠진 적이 있었는데, 만약 하나님께서 꺼내

주시지 않았다면 질식해 죽었을 것이다.

그 껌껌한 골짜기 중간쯤까지 가니, 지옥의 입구가 보였다.

지옥 입구에서는 이따금 이글거리는 불길과 연기가

소름끼치는 굉음을 내며 뿜어져 나왔다.

"여호와께 기도드립니다. 저를 지켜 주소서!"

크리스천은 큰 소리로 기도를 드리며 계속 걸어 나갔다.

그러나 불길은 끊임없이 달려들었고, 으스스한

소리마저 들렸다. 크리스천은 이러다 불길에 휩싸여

죽지나 않을까 염려하면서도 나아갔다.

한 무리의 마귀 떼가 다가오기 시작했다.

크리스천은 도망가기 위해 뒤를 살폈다. 그러나 돌아서기에는

너무 멀리 들어왔다. 마귀가 가까이 다가왔다.

크리스천은 우렁찬 목소리로 외쳤다.

"나는 주 하나님의 권능 안에서 걸어가리라!"

그러자 마귀 떼가 모두 도망가 버렸다.

마침내 동이 트고, 아침해가 밝아 왔다.

그에겐 이 또한 신의 은혜가 아닐 수 없었다.

간밤에 자신이 어떤 위험을 헤치며 왔는지 한눈에 다 보였다.

아직도 힘없이 남아 있는 마귀며 귀신이며 용들도 보였다.

곳곳에 덫과 함정과 올무와 그물들이 깔려 있었다.

크리스천은 밝은 빛에 힘입어 골짜기 끝에 다다랐다.

순례자들의 피와 뼈 그리고 토막난 시체들이 널려 있었다.

도대체 이런 것들이 왜 이렇게 많은 것일까

생각하는데, 눈앞에 동굴이 보였다.

동굴 앞을 지나가며 크리스천은 노래를 불렀다.

"오, 놀라운 세상!

간밤에 겪은 무시무시한 일들.

아무리 무서워도

나를 도와 주시는 분이 계시지.

어둠과 마귀, 지옥과 죄악이 겁주어도

나는 살아났지.

덫과 수렁, 올무와 그물들이

나를 노린다 해도

나는 살아났지.

나를 지켜 주신 예수님께 기쁨 돌리세."

노래를 부르며 가는데 야트막한 언덕에 나왔다.

이 언덕은 순례자들이 멀리 내다보라고 일부러 쌓아올린

것이었다. 크리스천도 언덕에 올라가 앞을 바라보았다.

저쪽 앞에 굳센믿음이 걸어가고 있었다.

"여보시오! 여보시오!"

크리스천이 큰 소리로, 굳센믿음을 부르며 달려갔다.

굳센믿음도 크리스천을 위해 기다려 주었다.

나는 꿈 속에서, 그 두 사람이 아주 다정하게

이야기하며 걸어가는 것을 보았다.

"당신과 길동무가 되어 반갑습니다."

굳센믿음에게 크리스천이 인사를 했다.

"안녕하세요. 저는 당신을 압니다. 당신이 고향을 떠나실 때

함께 떠나고 싶어했던 사람입니다."

굳센믿음이 반갑게 맞았다.

"제가 떠난 뒤에 얼마 동안이나 멸망의 도시에 있었나요?"

크리스천은 내내 궁금하던 것을 물어 보았다.

"당신이 떠난 직후, 머지않아 도시가 잿더미가 될 거라는

소문이 자자했답니다. 그래서 저도 금방 빠져 나왔지요."

"그런데 왜 혼자만 빠져 나왔습니까?"

"제 말을 믿는 사람들이 없었어요. 당신의 순례 여행을

비웃는 사람도 많았고요. 그래서 혼자 도망쳐 나왔답니다."

두 사람은 갈팡질팡을 만났던 일이며, 수렁에 빠진 일,

지옥의 골짜기를 지나던 일 등의 이야기를 서로 주고받았다.

한참을 걷고 있는데 멀리 허풍쟁이가 걸어가고 있었다.

허풍쟁이는 키가 훤칠하고 멀리서 볼 때

더욱 말쑥해 보이는 사람이었다.

"어디로 가시는 길인가요?"

굳센믿음이 허풍쟁이에게 말을 걸었다.

"하늘나라로 가는 중입니다."

허풍쟁이가 두 어깨를 으쓱 올리며 대답했다.

"우리도 그리로 가는 길인데 같이 가시지요."

"좋죠. 가면서 우리 유익한 이야기를 나눕시다.

저는 시시껄렁한 농담보다 유익한 이야기를 좋아합니다."

허풍쟁이가 거침없이 속마음을 드러냈다.

"그럼, 하늘에 계신 하나님에 대한 이야기를 합시다.

가치 있고 유익할 테니까요."

굳센믿음이 이야기를 받았다.

"정말 감동적입니다. 놀라운 일에서 기쁨을 얻고자 하는

사람들에게 그보다 더 기쁜 일이 있을까요?"

"옳은 말씀입니다. 그런 일들을 이야기하시지요."

"구원받으려면 우리들의 행위만으로는 부족하고
그리스도의 의로우심이 필요하지요. 복음의 위대한
약속들과 위안이 무엇인지 깨닫고 마음의 평화를
얻는 것도 다 대화를 통해서니까요."
허풍쟁이가 말을 번드르르하게 했다.
"맞습니다."
굳센믿음의 말이 끝나기가 무섭게 허풍쟁이가 또 입을 열었다.
"영생을 얻기 위해서는 믿음이 필요합니다. 그것을 모르는
사람들은 율법에만 의지해 살고 있습니다. 그래 가지고는
절대로 천국에 들어가지 못합니다."
"그래요. 사람은 하늘이 주시는 것 이외에는
아무것도 받을 수 없답니다."
굳센믿음은 허풍쟁이의 뛰어난 말솜씨에 놀라
혼자 걷고 있는 크리스천에게 갔다.
"저분은 정말 훌륭한 동행자군요."
굳센믿음의 귓속말을 듣고는, 크리스천이 웃으며 말했다.
"저 사람은 자신의 혀로, 낯선 사람들을 스무 명은 족히
속일 수 있을 겁니다."
그 말에 굳센믿음은 깜짝 놀랐다.

"저분에 대해 아시나요?"

"알다마다요. 저 사람은 중구난방 거리에 사는 말재간이라는
사람의 아들이지요. 허풍쟁이 하면 모르는 사람이 없어요.
말만 그럴 듯하게 하는, 넌더리나는 사람입니다."

"훌륭한 사람 같아 보이던데……."

"천만에요. 술집 의자에 앉아서도 술에 취해 지금과
똑같은 말을 할 인간이랍니다. 저 작자한테
신앙이 있다면 오직 혓바닥에만 있을 겁니다."

"그럼 내가 저 자한테 속은 거군요?"

"속으셨어요. 저 자는 말만 하고 행하지 않습니다.
회개니 믿음이니 떠들어 대지만 다 말뿐이에요.
백날 가도 기도하는 모습 한 번 본 적이 없지요.
차라리 그 집에서 기르는 말 못 하는 짐승들이
하나님을 더 잘 섬긴다는 생각이 들 정도입니다."

크리스천의 말에 굳센믿음이 고개를 끄덕였다.

"당신 말씀을 믿을 수밖에 없겠군요. 나쁜 감정으로
그렇게 말씀하신다고는 생각되지 않습니다.
저 사람은 정말이지 말과 행동이 다른 사람이군요."

"말과 행동이 다르고말고요. 행동이 중요합니다.

마지막 날 우리가 받게 될 심판에서 '네가 믿었느냐?' 보다
'네가 행하였느냐?' 하고 물으실 겁니다."
굳센믿음은 허풍쟁이를 통해 한번 먹은 마음을 행동으로
실천하는 신앙 생활이 얼마나 소중한지 깨달았다.

나는 꿈 속에서, 크리스천과 굳센믿음이 들판을 벗어나
마을에 다다르는 걸 보았다. 그 마을의 이름은 허영이었다.
그곳에선 1년 내내 시장이 열렸다. 이곳이 허영의 시장인 데는
이유가 있었다. 팔리는 물건들이 모두 헛된 것이며 모여드는
사람들도 모두 허영에 차 있기 때문이었다.
허영의 시장이 생긴 건 아주 오래 되었다.
거의 5천 년도 더 되었다. 그처럼 오랫동안 이 시장은 천국을
향해 걸어가는 순례자들을 유혹해 왔다. 만왕의 왕이신
예수께서 자신의 나라인 천국으로 가실 때에도 이 시장을
지나갔다. 내가 생각하기에 예수님께 헛된 것을 사라고
유혹한 자는 이 시장의 주인인 바알세불이었다.
"우리 허영의 시장 물건 한 가지만 사 주세요."
바알세불은 예수님이 가는 길을 막고 물건을 사 달라고 청했다.
그러나 예수님은 헛된 것에 욕심이 없었다.

"한 가지만 사 주시면, 이 세상 왕국의 왕 자리를
드리겠습니다."
바알세불을 또 그렇게 유혹했다. 그러나 존귀하신 예수님은
그런 데다가 마음을 두지 않았다.

크리스천과 굳센믿음도 바로 이 허영의 시장을 지나가야 했다.
그들이 시장에 발을 들여놓자 시장 사람들이 웅성거렸다.
"저기 순례하러 가는 바보 멍청이들이 온다!"
"미치광이들이야!"
"어리석은 야만인들이구먼."
시장 사람들은 야릇한 눈초리를 보내며 수군거렸다.
"도박 한번 해 보고 가시지요?"
두건을 쓴 상인이 크리스천을 보고 외쳤다.
"돈 놓고 돈 먹는 카드놀이 안 해 보실래요?"
턱수염을 기른 상인이 굳센믿음의 옷소매를 붙잡았다.
크리스천과 굳센믿음은 상인들에게 눈길도 주지 않았다.
"사고 싶은 것이 하나도 없소?"
두건 쓴 상인이 화가 머리끝까지 치밀어올라 소리쳤다.
참고 가던 크리스천이 마지 못해 대답했다.

"있다오. 우리는 진리를 사려고 합니다."

그 말을 듣자, 시장 사람들이 너도나도 한 마디씩 욕을 했다.

"저런 미친 놈, 진리를 사다니!"

"두들겨 패 주자! 걷지도 못하게!"

"이 어리석은 바보 멍청이들!"

시장은 크리스천의 말로 인해 한바탕 소동이 벌어졌다.

이 소식은 금방 시장 우두머리에게 알려졌다. 우두머리는

군대를 풀어 결국 크리스천과 굳센믿음을 체포했다.

"그대들은 어디로 가는가?"

법정에 끌려온 이들에게 심문관이 심문을 했다.

"우리들은 순례자들인데 하늘나라 예루살렘으로

가는 길입니다. 상인들이 우릴 보고 무엇을

사려느냐고 묻기에 진리를 사려 한다고 말했을 뿐이오.

여행을 계속하게 해 주시오."

크리스천이 낮고 분명한 목소리로 말했다.

"시장을 소란하게 한 죄가 매우 크다. 이 이방인들을 묶어

시장 사람들의 놀림감이 되게 하라."

심문관은 들고 있는 몽둥이로 쾅, 바닥을 내리쳤다.

심문관의 말이 떨어지자, 군사들의 주먹이 날아왔다.

순례자들은 무참히 두들겨 맞고 쓰러졌다.

"자, 이들을 끌고 나가 놀림감을 만들자!"

군사들은 크리스천과 굳센믿음의 발에 족쇄를 채우고,

손에는 쇠사슬을 묶어 시장으로 끌고 나갔다.

"멍청하고 간사한 순례자들이 왔다!"

그 말과 함께 시장 사람들은 크리스천과 굳센믿음에게 더러운

물을 퍼부었다. 그뿐만 아니라 썩은 오줌을 붓기도 하고, 침을

뱉기도 했다. 험상궂은 사람들은 몽둥이를 들고 와 때렸다.

하룻동안 시장 바닥을 끌고 다닌 군사들은

날이 어두워서야 두 사람을 감옥에 처넣었다.

며칠이 지나, 크리스천과 굳센믿음은 다시

최후의 판결을 받기 위해 법정에 섰다.

재판장의 이름은 '선을 미워하는 귀족' 이었다.

"피고들은 우리 시장의 질서를 어지럽힌

훼방꾼들이며 위험한 인물들이다."

재판장은 그렇게 말하면서 이들의 잘못을

증언해 달라고 부탁했다. 그 말에 시기라는 자가 나섰다.

"재판장님, 저 자는 이름은 그럴 듯하지만 비열한 사람 중

한 사람입니다. 저 자는 왕이건 백성이건 법률이건

관습이건 아랑곳하지 않고 무시해 버리면서
기독교라는 이상한 사상을 퍼뜨렸습니다."
"더 증언할 사람은 없는가?"
재판장이 법정을 둘러보았다.
"제가 증언을 하겠습니다."
돌아다보니 미신이라는 점쟁이였다.

"저 자는 아주 위험한 인물입니다. 저 자는 우리 종교가 가치
없는 것이고, 그런 종교로는 절대로 하나님을 기쁘게
해 드리지 못한다고 했습니다. 결국 우리가 드리는 예배는
헛수고이며 궁극적으로 우리 모두 저주를 받아
지옥에 떨어질 것이라고 했습니다."

미신의 말이 끝나기가 무섭게 이번에는 알랑방귀가 나섰다.

"재판장님, 그리고 신사숙녀 여러분! 저는 저들을 오래 전부터
알고 있었습니다. 저들은 우리 고귀하신 왕 바알세불에게
욕을 퍼부었지요. 사치스럽고 허영심이 많고 탐욕적인
인물이라고 말입니다. 그뿐 아니라 재판장님을
신앙심 없는 악당이라고 욕을 해 댔습니다."

알랑방귀의 증언이 끝나자, 재판장은
크리스천과 굳센믿음을 노려보았다.

"이 반역자들아! 너희를 고소하는 이 증언을 들었느냐?
너희들은 더 이상 살 가치가 없는 놈들이다.
그러므로 굳센믿음에겐 지금 당장 사형을,
크리스천에겐 사형 집행을 잠시 미루겠다."

이렇게 해서 재판이 끝나고 말았다.

굳센믿음은 법정에서 다시 감옥으로 끌려갔다. 사람들은

그들의 법에 따라 굳센믿음을 채찍으로 때리고 주먹질을 했다.

그것도 모자라 돌로 치고 몽둥이로 때렸다. 그의 몸은 끝내

불태워졌고, 마침내 한 줌의 재로 변했다.

바로 그때였다. 하늘에서 우렁찬 나팔 소리가 들려왔다.

고개를 들고 하늘을 봤다. 마차 한 대가 굳센믿음을 태우고는

구름을 뚫고 하늘 문으로 날아가는 것이 보였다.

한편, 크리스천은 사형 집행이 미루어져

다시 감옥으로 돌아와 갇혀 있어야 했다.

그런데 어느 날 밤이었다. 저절로 감옥의 문이 스르르 열렸다.

"하나님께서 나를 살리시려고 문을 열어 주시는구나!"

크리스천은 몰래 감옥을 빠져 나와 노래를 부르며 길을 떠났다.

"장하구나. 굳센믿음.

 그대는 주님의 사랑을 받았네.

 믿음 없는 이들이 헛된 즐거움에 빠져

 낄낄거리고 있을 때

 그대는 주님의 축복을 받았네.

 저들은 그대를 죽였지만

 그대는 결코 죽지 않았네.

 길이길이 그대 이름 빛나겠네."

신비한 하늘 문을 바라보다

그런데 내가 꿈 속에서 보니, 크리스천은 혼자 가는 게
아니었다. 그 곁에는 동행자가 있었다. 그의 이름은
소망이었다.

크리스천과 소망은 허영의 시장을 빠져 나와 부지런히 걸었다.
그때 누군가 그들보다 앞서 가는 사람이 있었다. 잔머리였다.
"안녕하세요? 이름은 무엇이고, 고향은 어디신가요?"
두 사람은 잔머리를 따라잡아 함께 걸으며 인사를 했다.
"저는 감언이설이라는 마을에 살았는데
지금은 하늘나라로 가고 있습니다."

"아주 부유한 마을에 살고 계셨군요?"

크리스천도 감언이설의 마을에 대해 조금 알고 있었다.

"그럼요. 저도 그렇지만 제 친척 중에도 부자들이 많답니다."

"어떤 분들이 살고 있지요?"

"마을 사람들 전부가 제 친척이라 해도 과언이 아닙니다.

그 중에서도 훌륭하신 분으로 변절 경, 기회주의 경,

감언이설 경이 있는데, 사실 우리 마을 이름도

그 중 한 분의 이름을 따서 붙인 거랍니다.

또 뺀질 씨, 두얼굴 씨, 시큰둥 씨가 계시고,

우리 교구 목사님은 일구이언 씨인데

바로 제 외삼촌이랍니다."

그는 어깨를 으쓱으쓱 올리며 말했다.

"결혼은 하셨나요?"

"네. 제 아내는 매우 정숙한 여인이지요. 유명한 집안

출신이고요. 그런 탓에 교양이 철철 넘쳐흐르지요."

"아, 훌륭하신 분을 아내로 두셨군요."

"그래서 저나 아내나 길거리에 나가면 신앙을 과시하는 걸

좋아한답니다. 그런 멋에 신앙 생활을 하는 거니까요.

그 말을 들은 크리스천이 물었다.

"저, 혹시 그 마을에 사시는 잔머리 씨 아니신가요?"

"그, 그, 그렇습니다."

잔머리가 더듬거리며 대답했다.

"혹시나 했는데 역시나군요. 당신에게는
잔머리라는 이름이 너무도 잘 어울리네요."

잔머리가 머리를 긁적이며 말했다.

"이것 참, 뭐 당신이 그렇게 생각하신다면 할 수 없군요.
저도 알고 보면 좋은 친구랍니다."

"비단옷을 입을 때도 신앙심이 깊어야 하지만
누더기 옷을 걸칠 때도 깊어야 하지요.
그처럼 쇠사슬에 묶여 있을 때도
주님을 의지하고 따라야 합니다.
신앙은 남에게 과시하는 것이 되어서는 안 됩니다."

"저에게 이래라저래라 하지 마십시오.
좀 너무하시는 것 같군요."

크리스천의 말에 잔머리가 대꾸를 했다.

"제가 말씀드린 대로 하지 않으시겠다면
당신과 함께 가지 않겠습니다."

크리스천은 아주 단호하게 말했다.

"동행자야 가다가 또 만나면 되니까 나는 혼자 가겠소."

잔머리는 이내 토라지고 말았다.

크리스천은 그렇게 해서 잔머리와 헤어졌다.

크리스천과 잔머리 일행으로부터 멀찌감치 앞서 가던

소망과 함께, 안락이라는 아름다운 평원에 이르렀다.

평원이 끝나고 언덕이 시작되는 곳에 은을 캐는

광산이 있었다. 이 길을 가다가 구경을 하기 위해

은광에 들어섰던 사람들이 더러 있었다.

그런데 너무 가까이 갔다가 함정에 빠져 죽은

사람도 있었고, 살아났어도 불구가 된 사람이 많았다.

"여보시오! 당신들에게 보여 드릴 게 있소!"

데마라는 사람이 지나가는 행인들을 유혹하고 있었다.

"좋은 구경거리가 있나요?"

크리스천이 데마를 보고 물었다.

"여기 은광이 있지요. 은을 캐면 횡재를 한답니다.

당신들도 한번 들렀다 가세요."

데마가 은광이 있는 쪽을 손짓으로 가리켰다.

"한번 가서 구경이나 해 볼까요?"

소망이 크리스천을 슬쩍 올려다보았다.

"난 안 가겠어요. 금은보화란, 그런 것을 탐내는
자들을 유혹하는 올가미랍니다. 보석은
순례 여행에 방해만 됩니다. 보석을 탐내기보다는
깨끗한 마음으로 순례 여행을 해야 하지요."

크리스천의 말에 소망도 고개를 끄덕였다.

"당신이야말로 참으로 순수한 신앙인입니다."

"그러니 은광 쪽으로는 한 발자국도 가서는 안 됩니다.
그저 우리 가던 길이나 부지런히 갑시다."

크리스천과 소망은 데마 앞을 지나쳐 걸었다.

"여보시오! 순례자 양반들! 그냥 갈 거요?"

데마가 그들을 불러 세웠다.

"데마 씨, 내가 가는 이 길은 주님의 길이오.
주님께서 가라고 하신 바른길이오. 그런 길을 가는
우리를 방해하다니! 주 하나님께서는 우리를 다 보고
계십니다. 그러니 우리를 붙잡지 마시오."

크리스천은 딱 잘라 말했다.

"만약 들어 주신다면 나도 함께 그 길을 가겠소."

데마도 크리스천에게 질세라 함께 가 주겠다고 말했다.

"데마 씨, 당신은 대체 어떤 사람이오?"

크리스천이 물었다.

"나는 아브라함의 자손이오."

"아, 그렇군요. 그러니까 게하시가 당신

증조할아버지고, 유다가 당신 아버지이지요?"

"그렇소."

"당신 선조들은 모두 하나님의 배반자요.

당신도 큰 벌을 받을 게 분명하오.

내가 하나님 앞에 가면 당신이 이와같이 꼬드겼다고

다 고해바칠 것이오."

크리스천의 말에 데마는 슬그머니

꽁무니를 빼더니 이내 사라졌다.

나는 꿈 속에서, 크리스천과 소망이

평원의 맞은편에 다다른 것을 보았다.

길가에 오래 된 듯한 기둥 모양의 유적이 하나 서 있었다.

그것은 마치 돌로 만든 여인의 모습을 하고 있었다.

"여기 글씨가 씌어 있군요."

소망이 돌기둥 꼭대기를 가리켰다.

그러나 처음 보는 글씨라, 소망은 무슨 뜻인지 알 수 없었다.

"어디 좀 봅시다."

크리스천이 쳐다보며 다가왔다.

"롯의 아내를 기억하라는 글귀군요."

크리스천이 글씨를 읽었다.

"그게 무슨 뜻이지요?"

소망이 크리스천에게 물었다.

"소돔이 멸망당할 때 간신히 빠져 나오던

롯의 아내가 재물이 아까워 뒤를 돌아보다가

그만 소금 기둥으로 변했다는 사실을 아시지요?"

"그야, 저도 알지요."

"재물에 욕심을 내면 엄청난 재앙을 당한다는 뜻이지요."

"아, 정말 아찔하군요."

소망이 가슴을 움켜쥐었다.

"왜 아찔하다는 거예요?"

"아까 제가 은광에 잠깐 들러 보자고 했잖아요."

"예. 그 일이 왜 그렇게 무서운 유혹인지 이제야 알겠나요?"

크리스천이 소망의 떨고 있는 손을 꼭 잡았다.

"참 멍청한 짓을 할 뻔했습니다. 거기에 들어가

은에 욕심을 냈더라면, 어쩌면 이 소금 기둥보다
더한 재앙을 받았을 테지요. 그렇지요?"
소망이 길게 한숨을 내쉬었다.
"이제라도 아셨으니 다행 아닙니까?"
"생각할수록 부끄럽고 또 부끄럽습니다."
"소돔 사람들이 우리를 '큰 죄인' 이라고 하는
이유를 아시나요? 하나님 앞에 죄를 지었기
때문입니다. 하나님이 그 옛날 소돔 땅을
에덴 동산같이 아름답게 만들어 주셨는데도
하나님 앞에 죄를 저질렀지요.
그러니 어떻게 하나님께서 노하지 않으시겠어요?"
크리스천은 조용한 목소리로 소망을 타일렀다.
"백번 옳으신 말씀입니다. 제가 그런 심판을 받지 않은 것도
모두 다 하나님의 사랑 때문인 것 같습니다.
앞으로 롯의 아내를 잊지 않을 것입니다."

이제 나는 크리스천과 소망이 조용한 강가에
다다른 것을 꿈 속에서 보았다.
이 강을 다윗 왕은 '하나님의 강' 이라 불렀고,

요한은 '생명수의 강' 이라고 불렀다.

크리스천과 소망은 강둑 위로 난 길을 따라 걸었다.

강둑엔 백합꽃이 피어 있고, 가끔 이름을 알 수 없는, 잎사귀가

무성한 나무들이 서 있었다. 그 잎사귀는 오랜 여행자에게

생길지도 모를 몸살을 예방하는 약이라고 했다.

크리스천과 소망은 그 나뭇잎을 뜯어 입에 넣었다.

그러자 몸이 가뿐해지고 마음이 개운해졌다.

강에 내려가 강물도 마셨다. 물맛이 좋고

생기를 불어넣어 주는 것 같았다.

다시 강둑으로 올라가 길을 걷던 그들은

풀로 뒤덮인 샛길을 만났다.

"이 풀밭 길로 갑시다."

크리스천이 어느새 풀밭 길로 넘어가며 말했다.

"엉뚱한 방향이면 어쩌지요?"

소망이 망설였다.

"그럴 리 없지요. 샛길로 가나 큰길로 가나

결국엔 다 만날 텐데 뭘 망설이나요?"

크리스천의 말에 못 이겨 소망도 풀밭 샛길로 넘어갔다.

풀밭 길이라 그런지 발이 그렇게 편할 수가 없었다.

나무숲을 지나니, 누군가 앞서 가는 사람이 보였다.

그 사람의 이름은 헛된확신이었다.

"이 길로 가면 하늘 문이 나오나요?"

크리스천이 물었다.

"당신은 하늘 문으로 가는 바른길에

들어섰습니다. 굳게 믿습니다."

헛된확신이 믿음에 찬 목소리로 대답했다.

"그것 보세요! 우리가 바른길로 가고 있다는 걸

이제야 믿겠어요?"

크리스천도 헛된확신을 뒤따라 걸으며

얼른 따라오라고 손짓했다.

기울던 해가 금방 지고, 이윽고 칠흑 같은 어둠이 밀려왔다.

"으아악!"

앞서 걷던 헛된확신이 앞도 분간하지 못하고 걷다가

구덩이에 빠지고 말았다. 이 구덩이는 그 땅의 주인이

허영에 들뜬 바보들을 잡기 위해 파 놓은 것이었다.

"살려 주세요! 살려 주세요!"

헛된확신의 목소리가 구덩이 속 아득한 데서 올라왔다.

그걸 보면 구덩이는 엄청나게 깊은 게 분명했다.

엎친 데 덮친 격으로 천둥 번개가 치더니

비까지 쏟아지기 시작했다. 강물이 빠르게 불어났다.

"길을 잘못 든 게 분명합니다."

소망이 어둠 속에서 두려움에 떨며 소리쳤다.

"엉뚱한 곳으로 가는 길인 줄은 꿈에도 모, 몰랐습니다."

크리스천이 미안한지 말을 더듬거렸다.

"제가 당신을 잘못 안내해 이렇게 됐습니다.

면목이 없네요. 용서해 주세요."

크리스천이 깜깜한 길의 앞장을 서며 말했다.

"제가 길을 잘못 안내했으니 구덩이에 빠져도

제가 먼저 빠져야지요. 다 제 탓입니다."

그때, 어디선가 이들을 격려하는 목소리가 들렸다.

"네가 전에 가던 길을 마음에 두어라.

그 길이 바른길이니라."

그것은 분명히 하늘에서 나는 목소리였다.

돌아서서 걸었지만 어둠이 깊어 낮에 넘어온

샛길을 찾을 수 없었다.

결국 비바람을 피해 작은 오두막에 들어가

불을 지피고 잠을 잤다.

오두막이 있는 곳은 절망거인의 땅이었고,

그곳은 거인이 가지고 있는 의심의 성 안에 있었다.

아침에 일찍 일어난 절망거인은 자기 땅을 둘러보다가

오두막에서 잠자는 크리스천과 소망을 발견했다.

"어디서 온 놈들인데 함부로

남의 땅에 들어왔느냐?"

크리스천이 놀라 잠에서 깨어났다.

"우리들은 순례자인데 간밤에 길을 잃었습니다."

"주인의 허락도 없이 내 땅에 들어와 마구 짓밟고,

잠까지 자다니! 나를 따라와라."

절망거인은 크리스천과 소망을 끌고 가

자신의 성 안 음침한 지하 감옥에 처넣었다.

수요일부터 토요일 밤까지 빵 한 조각, 물 한 모금도

먹지 못하고 갇혀 있었다. 그야말로 지옥 같은 감옥이었다.

'이 모두가 소망의 충고를 받아들이지 않은

나의 경솔함 때문이야.'

크리스천은 소망을 대하기가 너무나 부끄러웠다.

그런데 한낮이 되면 절망거인은 채찍과 몽둥이를 들고 와

크리스천과 소망을 무지막지하게 때렸다.

"아, 정말이지 이렇게 맞고 사느니 차라리 죽고 싶다!"

크리스천은 거인의 몽둥이질이 끝나자 슬프게 울었다.

그순간 크리스천의 머릿속에 어떤 생각이 스쳐 지나갔다.

'오, 그렇지. 달아날 희망이 내 품 안에 있구나.'

크리스천은 품 안에 있는 약속의 열쇠를 생각했다. 이 열쇠만

있으면 의심의 성에 있는 모든 자물쇠를 열 수 있었다.

크리스천은 안주머니에 손을 넣었다. 약속의 열쇠가

거기 있었다. 크리스천은 그것으로 감옥의 자물쇠를 열었다.

"빨리 나오세요. 이제 우린 살았습니다."

크리스천은 소망의 손을 잡고 감옥을 빠져 나왔다. 그러자 성의

너른 마당이 나왔다. 그곳을 가로질러 가자 마주친 성문이

닫혀 있었다. 크리스천은 갖고 있는 열쇠로 성의 철문을

열었다. 자물쇠는 튼튼했지만 어렵지 않게 열렸다.

두 사람은 마침내 의심의 성을 빠져 나왔다.

샛길 입구에 다다르자, 소망이 말했다.

"이 길이 못된 의심의 성으로 가는 길이라는

팻말을 하나 세워 둡시다."

"그것 참 좋은 생각입니다. 누구든 저 같은

실수를 해서는 안 되겠지요."

두 사람은 팻말을 깎아 세우고 글을 썼다.

이 샛길은 의심의 성으로 가는 길임.
그 성의 주인인 절망거인은 순례자들을 괴롭힘.

계속 길을 가던 크리스천은 소망과 함께 기쁨의 산에 다다랐다.
산 위에 올라가 사방을 둘러보니 주변은 온통 잘 가꾸어진
정원과 과수원 그리고 포도밭으로 덮여 있었다.
산꼭대기에서는 목동들이 양을 돌보고 있었다.
"이 기쁨의 산은 어느 분의 것이지요?"
크리스천은 이처럼 아름다운 언덕의 주인이
누구인지 궁금했다.
"이 산은 임마누엘 님의 땅이랍니다.
이 양 떼도 그분의 것이지요."
목동 중에서 가장 나이가 많아 보이는 사람이 대답했다.
"참 훌륭한 분의 땅이로군요."
소망도 한마디 거들었다.
"양치기 님, 이쪽으로 가면 하늘나라로 갈 수 있나요?"
"맞습니다. 아주 제대로 찾아오셨습니다."
"거기까지는 얼마나 될까요? 아직도 머나요?"

"멀다고 하는 사람들도 있지만 그래도 갈 사람들은
모두 갑니다. 원하신다면 저의 집에서 하룻밤
쉬었다 가시는 게 어떨지요?"
나이 많은 목동이 조심스럽게 물었다.
"그래 주시기만 한다면 저희들은 고맙지요."
목동은 크리스천과 소망을 자신의 천막으로 안내했다.
거기에서는 또 다른 목동인 지식과 경험, 경계와 성실이
이들을 기다리고 있었다.
다음 날 아침이 되었다.
"이곳 산책길은 퍽이나 아름답습니다. 구경시켜 드리고

싶은데요."

목동인 지식과 경험이 말했다.

크리스천과 소망은 그들을 따라 산책에 나섰다. 그들은

크리스천과 소망을 데리고 경고라는 산꼭대기로 갔다.

"저쪽 언덕을 한번 바라보시지요."

크리스천은 지식이 가리키는 곳을 바라보았다.

누군가 무덤들 사이로 오르락내리락하고 있었다. 그런데 그는
무덤에 걸려 넘어지고 구르면서도 빠져 나오지 못하고 있었다.
"저 이는 누구인가요?"
크리스천이 묻자 지식이 대답했다.
"눈이 먼 장님입니다. 이 언덕에 오기 전에
풀밭으로 된 샛길을 본 적이 있나요?"
그 말에 크리스천이 고개를 끄덕였다. 그때 자신이 저지른
실수를 생각하면 부끄럽기 짝이 없었다.
"당신도 보셨군요."
"그런데 그곳과 저 장님과는 무슨
상관이라도 있나요?"
이번에는 소망이 물었다.
"있다마다요. 저 사람은 길이 험하다는 핑계로
그 샛길로 들어가 의심의 성에 사는 절망거인에게
붙잡혔지요. 붙잡혀서는 지하 감옥에 갇혔다가
두 눈이 뽑힌 채 저 무덤 가운데에 버려진 거랍니다."
그 말을 들은 크리스천은 부끄러움의 눈물을 흘렸다.
장님은, 편한 길보다 힘들더라도 옳은 길을
걸어야 한다는 교훈을 주었다.

"저를 따라오시지요."

목동은 크리스천과 소망을 또 다른 곳으로

안내했다. 그곳에는 언덕 쪽으로 난 문이 하나 있었다.

문을 열자 그 안은 매우 컴컴했다. 그곳에서 끔찍한

비명 소리가 들렸다. 안에 들어서자, 불가마에서

활활 불이 타고 있었고 유황 냄새가 코를 찔렀다.

"이곳은 어디지요?"

크리스천이 코를 틀어막으며 물었다.

"지옥으로 가는 샛길이지요. 유다처럼 스승을 파는 사람,

알렉산더처럼 성경 말씀을 파는 사람, 거짓말을 하고 욕을 하고

속이는 사람들이 지옥으로 가는 길이랍니다."

지식이, 비명을 지르는 사람들을 보며 말했다.

그들은 끓어오르는 불가마 속에서 몸부림쳤다. 유황불에

몸이 타기도 했는데, 뜨거운 불 위를 맨발로 걸으며 비명을

질렀다. 너무나 비참한 모습이었다.

"제 생각에는 저 사람들도 우리처럼

순례 여행을 하던 이들 같은데요?"

소망이 가엾다는 듯한 표정으로 지옥에 빠진 이들을 보았다.

"그렇다오. 저들도 오래도록 순례 여행을 한 사람들이었지요.

그런데 여기까지 오면서 죄를 짓고 그만 저렇게 된 것이라오."

그런 말을 하며 지식은 지옥 밖으로 걸어 나왔다.

"우리도 하나님께 강한 힘을 달라고 기도드립시다."

햇빛이 찬란하게 쏟아지는 지옥 밖에서

크리스천과 소망은 땅 위에 무릎을 꿇었다.

"나중에 그 힘을 받으면, 반드시 그 힘을

좋은 데 써야 합니다."

지식과 소망도 땅에 무릎을 꿇고 기도를 드렸다.

"당신들에게 마지막으로 하늘 문을 보여 드리겠습니다."

기도를 마치자, 지식이 두 사람에게 말했다.

언덕 꼭대기에 이르러 하늘을 보니

구름 한 점 없이 맑았다.

"이쯤에서 보면 잘 보인답니다."

바위 곁으로 다가가자, 목동은

가방 속에서 망원경을 꺼내 들었다.

"자, 한번 보세요."

하늘 문을 보고 난 목동이 크리스천에게

망원경을 건네 주었다.

망원경을 받아 든 크리스천의 손이 부들부들 떨렸다.

하늘 문을 바라본다는 생각을 하니 너무도 떨렸다.

"희미하게나마 그곳의 영광된 모습을

볼 수 있어 무척이나 기쁩니다."

망원경으로 하늘 문을 보고 난 크리스천이 간신히 말했다.

소망도 망원경을 받아 하늘 문을 바라보았다.

"영광입니다, 정말 큰 영광입니다."

소망도 목동에게 허리를 굽히고는

몇 번이나 인사를 했다.

"이제 두 분이 길을 가셔도 좋습니다.

하나님의 축복이 함께하시길 빌겠습니다."

목동이 두 사람을 배웅했다.

크리스천과 소망은 노래를 부르며 길을 떠났다.

"아, 목자가 하늘 문을
보여 주셨네.
깊고 신비하고 신비한
하늘 문을 보고 싶은 이들은
목자를 찾아보세요."

하늘나라에 올라가다

나는 꿈 속에서, 순례자들이 마법의 땅을 지나

안식과 평화의 땅으로 들어가는 것을 보았다.

그곳의 공기는 매우 맑고 상쾌했다.

"크리스천 님, 잠시 쉬었다 갑시다."

"그래요, 소망 님, 새소리도 들을 겸

저도 쉬었다 가고 싶습니다."

크리스천과 소망은 나무 그늘에 앉았다.

나무마다 꽃이 피고, 열매가 풍성하게 열려 있었다.

햇빛은 몸에 알맞도록 밝고 빛났다.

"크리스천 님, 여기가 어딘 줄 아시나요?"

소망이 나무 기둥에 기댄 채 물었다.

"잘은 모르지만 여기는 하늘나라로 가는 국경 지대일 겁니다."

그것은 맞는 말이었다.

"너희는 딸 시온에게 이르라. 네 구원이 가까워졌다.

그곳은 하늘나라로 가는 길목이다."

그때, 큰 음성이 하늘에서 들렸다.

그러자 땅에 있던 사람들이 모두 일어서서

하늘을 우러러 소리쳤다.

"여호와시여!"

"우리를 살피소서!"

사람들은 여태껏 누려 보지 못했던 기쁨으로 가득 차

부르짖었다. 다가가면 갈수록 하늘나라의 모습은

더욱 뚜렷이 보였다. 그 도시는 온갖 보석들로 이루어졌고,

거리는 황금으로 포장되어 있었다.

"어서 빨리 하늘나라에 가고 싶다."

크리스천은 어서 빨리 하늘나라에 가고 싶어 안달을 했다.

"아! 어서 가고 싶다."

눈부실 지경인 하늘나라를 쳐다보다 크리스천은 이내

앓아눕고 말았다. 소망도 크리스천 곁에 누워 몸살을 앓았다.

그렇게 며칠을 앓아누웠다.

얼마 후, 몸이 조금씩 나아지자 또 일어나 길을 걸었다.

과수원과 포도밭 그리고 정원이 있는 곳으로 점점 가까이 갔다.

그곳의 문은 큰길 쪽으로 활짝 열려 있었다.

"이토록 아름다운 정원과 포도밭의 주인은 어떤 분이시죠?"

크리스천이, 정원을 다듬고 있는 사람에게 물었다.

"그야 전부 다 하나님의 것이지요. 순례자들이 편히 쉬도록

하기 위해 심고 가꾸시는 것이랍니다."

정원사는 크리스천과 소망을 데리고 들어가

맛있는 음식을 대접했다.

순례자들은 그곳에서 산책도 하고, 정자도 구경하고,

휴식도 취하고는 하룻밤을 잤다.

그때 나는 꿈 속에서, 그들이 곤히 잠자는 것을 보았다.

아침이 밝아오자, 크리스천과 소망이 잠에서 깨어났다.

"이제 길을 떠납시다."

크리스천은 소망을 깨워 길을 재촉했다.

하늘은 밝았고, 햇빛은 눈부셨다. 얼마나 눈부셨는지

하늘나라를 똑바로 바라볼 수가 없었다.

한참을 걷고 있는데 또 누군가가 이들에게 다가왔다.

"어디서 오시는 길인지요?"

그렇게 묻는 사람은 순금처럼 빛나는 옷을 입고 있었다.

얼굴에는 찬란한 빛이 어려 있었다.

"우리들은 정원에서 정원사를 만나고 오는 길이랍니다."

"맛있는 과일도 대접받았습니다."

크리스천과 소망이 대답했다.

"그렇군요. 그럼 이제부터 당신들은 두 가지의 어려움만

더 겪으면 하늘나라에 들어갈 수 있습니다."

"저희들과 함께 가 주시면 안 되나요?"

"원하신다면 그렇게 해 드리겠습니다.

크리스천의 부탁에 그분은 기꺼이 허락했다. 그분은 천사였다.

"하지만 하늘나라에 들어가는 일은

각자의 믿음으로, 스스로 하셔야 합니다."

천사는 조금 엄숙한 얼굴로 말했다.

"하늘나라가 가까운 곳에 있다고 생각하니 가슴이

떨리는군요."

크리스천의 눈앞에 큰 강이 나타났다.

"저 강 건너편에 하늘나라로 들어가는 문이 있습니다."

천사가 하늘 문을 가리켰다.

"그런데 강을 건널 다리가 없군요."

소망은 약간 두려운 듯이 크리스천을 바라보았다.

크리스천은 강을 둘러보았다.

"어디에도 없군요."

크리스천이 실망한 듯 한숨을 내쉬었다.

얼핏 내려다보니 강은 엄청나게 깊었다. 강은 바람에

출렁거렸고, 물결도 무척 거세었다.

"어떻게 하든 이 강을 건너야 합니다.

천사는 강을 건너지 않고는 하늘 문에 이를 수 없다고 말했다.

"옛날에는 이곳에 다리가 있었지요. 그 다리를 건너

하늘 문으로 간 분이 있었는데 그분이

에녹과 엘리야 두 분입니다."

"천사님, 그 후부터 다리가 없어졌군요?"

"그렇습니다."

크리스천과 소망의 가슴이 찢어지는 듯 아팠다.

하늘 문 앞까지 왔는데 강을 건너지 못한다는 건

여간 슬픈 일이 아니었다.

크리스천과 소망은 이리저리 걸었다. 혹시 다시

놓였을지도 모를 다리를 찾기 위해서였다. 그러나 어디에도

하늘 문으로 갈 수 있는 다리는 없었다.

"너무 걱정하지 마세요. 강이 깊고 안 깊고는, 하나님에 대한

당신들의 믿음이 얼마나 큰가에 달려 있으니까요."

천사는 그렇게 말하고는 가 버렸다.

"그렇다면 하는 수 없지요."

크리스천은 소망과 함께 단단히 각오를 하고
물 속으로 들어갔다.

얼마쯤 물을 건너던 크리스천이 허우적거리기 시작했다.

"소망 님! 주님의 파도가 나를 삼키고 있습니다."

비명 소리는 울부짖음으로 바뀌었다.

"크리스천 님! 발을 뻗어 보세요. 발이 강바닥에 닿습니다."

소망은 강물이 그리 깊지 않다고 말해 주었다.

"아, 나는 곧 죽고 말 것 같네요. 나는 젖과 꿀이
흐르는 땅을 보지 못하고 죽을 것 같네요!"

크리스천의 말이 끝나기가 무섭게 파도가 몰아쳤다. 거기다가
이내 밤이 되었고, 칠흑같이 어두워졌다. 하늘 문에 들어가지
못한다는 공포와 두려움이 크리스천의 마음에 밀려들었다.

"이러다 죽을 것 같아요!"

그렇게 말하는 크리스천은 귀신과 악귀에
시달리고 있는 듯했다.

"고개를 물 위로 들어 올리세요."

소망은 물 속으로 빠져드는 크리스천의 고개를 받쳤다.

"조금만 가면 저 앞에 하늘 문이 기다리고 있습니다."

소망이 위로하자, 크리스천이 간신히 입을 열었다.

"하늘 문은 소망 그대를 위해 있을 뿐이오."

크리스천은 기운이 빠진 모습으로 물에 가라앉았다 떴다 했다.

"크리스천 님, 예수 그리스도께서는

형제님을 온전케 해 주십니다."

소망의 말을 들은 크리스천이 큰 소리로 외쳤다.

"아! 그분이 다시 보이네. 그분이 내게 말씀하시네.

네가 물 가운데로 지날 때에 내가 너와 함께할 것이라.

너를 물에 빠뜨리지 못할 것이니라."

크리스천은 다시 기운을 차렸다.

강물은 크리스천이 건널 때까지 방해하지 못했다. 드디어

그들은 강을 무사히 건넜다. 건너편 강둑에 이르렀을 때,

순례자들은 자신들을 기다리고 있는 두 천사를 다시 만났다.

"어서 오십시오."

천사들이 크리스천과 소망을 맞이했다.

"저희들은 하나님의 부탁으로 여러분을 맞으러 나왔습니다."

천사들의 얼굴에는 웃음이 가득했다.

"고맙습니다. 그런데 하늘나라는 어디에 있나요?"

크리스천은 너무도 지쳤기 때문에 그것부터 물었다.

"바로 저곳에 있습니다."

천사가 가리키는 곳은 높은 언덕이었다.

너무나 높아 하늘에 닿을 듯했다.

크리스천은 다리가 후들거렸지만 참았다.

"저희들이 손을 잡고 이끌어 드리겠습니다."

뜻밖에도 천사들은 그렇게 말하며 손을 내밀었다.

"아, 이렇게 고마울 데가 있나!"

크리스천은 감사의 인사를 수없이 드렸다.

그리고는 손을 잡은 채 앞에서 천사들이 이끄는 대로

산에 올랐다. 산에 올라가는 일은 무척 쉬웠다.

마치 순풍에 돛을 단 배처럼 몸이 가벼웠다.

"왜 이렇게 몸이 가벼울까요?"

크리스천은 천사에게 물었다.

"그것은 당신들이 강물에서 나올 때

이미 육신을 벗어 버렸기 때문이지요."

그리고 보니 몸의 형체가 보이기는 했지만

무거운 육신은 사라지고 없었다.

"소망 씨, 당신도 몸이 가볍나요?"

"크리스천 씨, 저도 당신처럼 홀가분하답니다."

크리스천과 소망은 천사와 함께 재미있는

이야기를 하며 하늘나라로 올라갔다.

"하늘나라에는 무엇이 있나요?"

뒤따라오는 소망이 천사에게 물었다.

"하늘나라에는 시온 산이 있습니다. 하늘의 예루살렘과

천사들, 그리고 생명나무를 보게 될 것입니다."

생명나무는 영원히 시들지 않는 나무였다.

그 열매를 먹으면 나무와 함께 영원히 오래오래

고통을 느끼지 않고 살게 된다고 한다.

"거기에서 우리가 할 수 있는 일은 뭐지요?"

이번에는 크리스천이 물었다.

"우선 흰 옷을 받아 입게 됩니다. 그리고 그동안

흘린 눈물과 고통의 열매들을 거두게 될 거예요.

눈으로는 전능하신 하나님을 뵙고, 귀로는 그분의 목소리를

들으면서 오래오래 행복을 누리며 살 겁니다."

"또 그분께서 나팔 소리와 함께 구름 가운데

바람 날개를 타고 임하실 때 여러분들도

그분과 함께하게 될 겁니다."

함께 가는 또 다른 천사가 말해 주었다.

크리스천은 말만 들어도 기쁨으로 가슴이

쿵쾅쿵쾅 뛰었다. 어디선가 천군 천사의

나팔 소리가 크게 들려오는 듯했다.

"이제 다 왔습니다."

하늘 문에 가까이 이르렀을 때 천사가 말했다.

저쪽 바른길 앞에는 이미 천군 천사들이

크리스천과 소망을 맞으러 오고 있었다.

그들은 크리스천 일행 앞에 와서 멈추었다.

"이분들은 세상에 있을 때 주님을 사랑했고,

주님의 거룩한 이름을 위하여 모든 것을 바친

아주 훌륭한 분들입니다."

천사가 예의바르게, 천군 천사들에게 말했다.

"어린 양의 혼인 잔치에 초대받은 자들은 복이 있도다."

천군 천사들이 큰 소리로 크리스천과 소망을 맞았다.

이때 하나님의 나팔수들도 순례자들을 맞이하러 나왔다.

나팔수들은 하늘이 떠나갈 듯이 우렁차게 나팔을

불었다. 그들은 모두 희고 빛나는 옷을 입었는데

악기들까지 햇빛을 받아 눈부시게 빛났다.

나팔수들은 나팔을 불며 크리스천과 소망을 빙 둘러쌌다.

그 상태에서 더 높은 곳으로 인도를 받은 듯이 올라갔다.

"마치 하늘 전체가 우리들을 맞아 주는 듯한 기분이군요."

크리스천이 소망의 손을 꼭 잡으며 말했다.

"맞습니다. 하늘나라에 들어가기도 전에

벌써 하늘나라에 온 기분입니다."

소망도 눈물을 흘리면서 크리스천의

손을 잡은 채 올라갔다.

"저기 하늘 문이 보입니다!"

누군가의 목소리가 나팔 소리에 섞여 들려왔다.

고개를 드니 하늘나라의 모습이 환히 보이는 곳에 이르렀다.

"소망 님, 하늘나라의 종소리가 들리는군요."

"크리스천 님, 너무 감격스러워요.

제가 여기까지 오다니, 믿을 수 없어요."

기쁨으로, 말할 수 없을 만큼 가슴이 뛰고 떨렸다.

마침내 그들은 하늘 문 앞까지 왔다.

크리스천과 소망은 벅찬 가슴을 억누르면서

하늘 문을 쳐다보았다.

'계명을 지키는 자는 복이 있나니.

이는 오래도록 권세를 얻으려 함이로다.'

이런 글씨가 큼직하게 씌어 있었다.

그때 나는 꿈 속에서, 천사들이 크리스천과 소망에게

문을 두드리라고 말하는 것을 들었다.

"쾅쾅쾅!"

크리스천이 문을 두드렸다.

하늘 문 위에 있던 에녹, 모세, 엘리야가 내려다봤다.

"이 순례자들은 하늘나라 왕에 대한 사랑만을 가지고

멸망의 도시를 떠나온 사람들입니다."

함께 온 천사들이 하늘 문 위를 향해 말했다.

"여행 증명서를 내 보이시오."

에녹이라는 이가 이쪽을 향해 말했다.

여행 증명서는 여기 올 때에 가져온 것이었다.

크리스천과 소망은 품 안에서 여행 증명서를

꺼내 그들에게 건네 주었다.

"잠시 기다리시오. 왕에게 드리고 오겠소."

에녹은 여행 증명서를 받아 들고는 안으로 들어갔다.

잠시 후, 에녹이 나왔다.

"하늘 문을 여시오."

에녹의 명이 떨어지자, 하늘 문이 스르르 열렸다.

그때 나는 꿈 속에서, 크리스천과 소망이

문 안으로 들어가는 것을 보았다. 그들은 하늘나라로

들어가자마자 황금빛 찬란한 옷을 받아 입었다.

면류관도 받아 머리에 썼다.

면류관은 존엄하고 귀한 이들이 쓰는 표시의 관이었다.

순례자들이 안으로 들어갈 수 있도록 문이 활짝 열렸을 때,

나는 그 안을 들여다보았다.

하늘나라는 마치 태양처럼 눈부셨고,

거리는 황금으로 포장되어 있었다.

그 안에는 머리에 면류관을 쓰고 손에는 종려나무

가지를 들고, 금으로 만든 악기 소리에 맞춰

찬양의 노래를 부르면서 거니는

아주 많은 사람들이 있었다.

천사들이 주님을 찬양하고 있었다.

크리스천과 소망이 안으로 들어가자, 문이 스르르

닫혔다. 하늘나라의 모습을 보자,

나도 그곳에서 살고 싶다는 생각이 들었다.

하늘나라의 모습을 바라보던 나는 문득

뒤를 돌아다봤다. 강가에서 이쪽으로

다가오는 이가 보였다. 그는 무지였다.

무지는 아무 어려움 없이 강을 건넜다.

강가에는 마침 헛된소망이라는 뱃사공이

있었는데 그가 배를 태워 주었다.

무지는 허겁지겁 하늘 문을 향해 올라오고 있었다.

하지만 그를 마중 나온 사람은 없었다. 그에게

먼길을 오느라 수고했다고 말하는 이도 없었다.

그는 홀로 언덕을 오르고 있었다.

무지는 하늘 문 앞에 다다랐다.

"이제 다 왔구나!"

무지는 기쁨에 넘쳐 혼자 중얼거리면서

문 위에 씌어 있는 글씨를 읽었다.

기쁨에 들뜬 무지가 요란하게 문을 두드렸다.

그러자 하늘 문을 지키는 병사가 나왔다.

"어떻게 해서 여기까지 오게 되었소?"

그 말에 무지가 대답했다.

"저는 주 앞에서 먹고 마셨으며, 주는 길거리에서

나를 가르치셨나이다."

그러자 하늘 병사가 물었다.

"여행 증명서를 보여 주시오."

무지는 품 속을 뒤졌지만 증명서가 없었다.

"증명서가 없는 거요?"

하늘 병사가 또다시 물었다.

"잃어버렸나 보오. 쓸모없는 줄 알고

찾지 않은 거니까 나를 들여보내 주시오."

무지가 무지막지하게 큰 소리로 외쳤다.

그 말을 들은 하늘병사들이 달려나와 무지를 붙잡았다.

그러고는 손발을 묶어 산허리의 동굴에 가두었다.

나는 멸망의 도시뿐만 아니라, 그곳 하늘 문에서도

지옥으로 가는 길이 있다는 것을 그때 처음으로 알았다.

나는 잠에서 깨어났다.

내가 지금까지 한 모든 이야기는 꿈에서 본 것이다.

| 제 2 부 |

친애하는 독자들에게

얼마 전이다. 나는 크리스천이라는 한 순례자가
하늘나라를 향해 가는 여행에 관한 꿈 이야기를 했다.
비록 그 여행이 위험한 것이긴 했지만 내게는 큰 기쁨이었다. 여러분들에게도
유익한 이야기가 되었을 줄로 믿는다.
그때, 크리스천의 아내와 자식들은 왜 함께 순례 여행을
떠나지 않았는지에 대해 이야기했다. 크리스천은 멸망의 도시에
계속 머무르다가는 큰 재앙을 받을 것이라고 생각했다.
그의 두려움은 너무도 컸다. 그래서 식구들을 두고서라도
한시바삐 순례의 길에 나서야 할 형편이었다.
그런 까닭에 크리스천은 아내와 자식을 두고 떠났다.
그 후, 내게는 복잡한 일이 좀 있었다. 그 일에 매달리다 보니
바빠서 그들에 대해 생각해 볼 겨를이 없었다.
그래서 늘 미안하게 생각했다. 그러던 중 어느 날 크리스천이
순례의 길을 떠났던 곳을 다시 찾아가 보기로 했다.
나는 거기에서 새로운 영감을 받았다. 크리스천이 남기고
떠난 가족들의 뒷이야기를 독자들에게 들려 드리고 싶었다.
그러나 얼른 그러지 못했는데 늦게나마 최근에 다시 그곳을 찾았다.
나는 그곳에서 1킬로미터쯤 떨어진 숲 속의 숙소에서
잠을 자다가 다시 꿈을 꾸게 되었다.

크리스티아나의 순례 여행

나는 꿈을 꾸고 있었다.

"잠을 자고 계시는군요."

꿈 속에서, 나이 든 신사 한 분이 내게로 다가왔다.

"안녕하세요? 당신은 누구신지요?"

나는 누웠던 잠자리에서 일어나 물었다.

"내 이름은 총명이라고 합니다."

나이 든 신사의 이름은 총명이었다.

"아, 그렇군요. 저와 같은 방향으로 가시나요?"

나는 신사 분에게 물었다.

"그렇습니다. 저쪽으로 갑니다."

신사가 가리키는 곳 멀리에 높은 산이 보였다.

"그러면 같이 가면서 이야기를 나누면

심심하지 않고 좋겠습니다."

나는 그렇게 이야기하며 일어나 총명이라는 신사와 함께

길을 걸었다. 멀리 길 왼편에 마을이 보였다.

"저 마을 이름이 뭐지요?"

나는 그 신사에게 물었다.

"멸망의 도시라고 하지요. 게으른 사람들이 사는 곳입니다."

"저도 언젠가 한 번 가 본, 바로 그 도시군요?"

"저 사람들에 대해, 좋게 말해 주고 싶어도

그렇게 잘 안 되네요."

총명 씨는 얼른 보기에도 인품이 있는 분이었다.

"참 좋으신 분이로군요. 좋은 말만 하시려는 모습이

참 아름답습니다. 그런데 이제 생각났습니다만……."

나는 거기서 그 사람을 생각했다.

"저 마을을 보고 문득 생각나신 게 있나요?"

"크리스천이라는 사람입니다. 저 높은 곳을 향하여

순례 여행을 떠난 일이 있는데 혹시 알고 계시나 해서요."

나는 조심스럽게 크리스천에 대해 물었다.

"알고말고요. 그가 갖은 고난과 공포와 두려움을 딛고
하늘나라에 갔다는 소문을 들었지요. 그 사람이나
그가 한 일에 대해 모르는 사람이 없답니다. 그래서 다들
그의 순례 여행기를 구해 읽을 정도랍니다."

"아, 그렇군요!"

"부러워하는 사람들도 있었겠지요?"

"그렇답니다. 그의 순례기를 읽고 저도 크리스천과
같은 길을 가려고 했지요. 그런데……."

"그런데 뭐지요?"

"부러워만 할 뿐 떠나지 못하고 있는 거지요."

신사 분은 쯧쯧, 혀를 찼다.

"크리스천이 하늘나라에서 행복하게 살고 있다는 걸
저도 들어서 알고 있습니다. 고통이라고는 없는
생명 샘 안에서 잘 살고 있답니다. 저 마을 사람들은
크리스천에 대해 뭐라고들 하지요?"

"왕께서 하늘나라 궁전에 굉장히
화려하고 편안한 집을 마련해 주어
그곳에 살면서 날마다 왕과 함께
지내며 왕의 사랑을 듬뿍 받고
있다고 하더군요."
"상당히 자세히 알고 있군요."
"그뿐인가요. 몇몇 사람들의
추측인데 그 나라의 주인이신
예수님께서 머지않아 이 땅에
오신다고 하더군요.
그때가 되면 크리스천이

순례의 길을 떠날 때, 깔보고 비웃은 사람들에게

그 이유를 캐물으신다고 합니다.”

신사 분은 그 마을 사람들과 크리스천에

대해 자세히 알고 있었다.

“맞는 말씀입니다. 어떻든 불쌍한 크리스천이

이제 모든 수고를 끝내고 안식을 얻었다니 참 기쁜 일입니다.

이렇게 온 나라 사람들이 크리스천에 대해 많이

알고 있으니 기쁩니다.”

사람들이 크리스천의 영향을 많이 받고 있는 건 틀림없었다.

“그런데 신사 분! 하나만 더 여쭙겠습니다. 혹시 크리스천의

아내와 자식들에 대해 아시는 게 없나요?”

나는 또 궁금해져서 물었다.

“그러니까 크리스천의 아내 크리스티아나와

그의 자식들 말인가요?”

“네. 그렇습니다.”

“크리스천이 처음 함께 가자고 눈물로 호소할 때는

안 가더니 떠나고 난 뒤에야 마음의 변화를 일으켜

곧바로 짐을 꾸려 크리스천을 따라 떠났답니다.”

“정말 놀라운 일이군요. 아내와 자식들이 모두

순례의 길을 떠나게 되다니오!"

"어떻게 그런 일이 일어났는지 제 말을 한번 들어 보실래요?"

신사 분은 크리스티아나가 떠나던 당시의 일을

자세하게 알고 있었다.

"정말 듣고 싶네요. 궁금하기도 하고.

그러니 어서 말씀 좀 해 주세요."

신사 분은 크리스티아나에 대해 이야기를 시작했다.

"자기 남편이 죽음의 강을 건넌 후, 아무런 소식도 못 듣게

되자 크리스티아나는 절망에 빠졌지요. 남편 생각에 많이

울기도 하고요. 왜 안 그렇겠어요. 자기가 남편한데 못되게

굴고, 몰인정하게 대한 일들을 생각하면 눈물이 나오겠지요."

총명 씨의 기분이 약간 울적해 보였다. 그것은 총명 씨가

크리스티아나와 그 가족의 마음을 충분히

이해했기 때문인 듯했다.

"엄마, 우리도 아버지 뒤를 따라가요. 아버지를 따라갔으면

지금 같은 고생은 하지 않았을 거예요."

그 무렵 크리스천의 아이들도 엄마와 함께 아버지를 따라가지

않은 것을 몹시 후회했다.

"너희들 말이 백번 맞구나. 너희 아버지는 우리를 데려가려

하셨지만 이 엄마가 말을 듣지 않아 결국은 이렇게 되었구나."

크리스티아나는 남편을 따라가 하늘나라 생명의 빛을

보지 못한 것이 못내 안타까웠다.

"그날의 잘못은 모두 이 엄마에게 있다."

크리스티아나는 길게 한숨을 내쉬었다.

그 다음 날 밤이었다.

"이게 뭔지 아느냐?"

꿈에 낯선 천사 한 분이 크리스티아나의 꿈에 나타났다.

크리스티아나는 영문을 모른 채 고개를 들고 물었다.

"그게 뭔가요?"

천사가 들고 있는 것은 글씨가 가득 적혀 있는 양피지였다.

"살아오는 동안 네가 지은 죄들이 적힌 장부다."

천사는 크리스티아나가 지은 죄들을 하나하나 읽어 주었다.

그런데 그 죄들 중에 남편의 뒤를 따라

순례를 떠나지 않은 것도 적혀 있었다.

그 말을 듣고 난 크리스티아나는 정신을 잃고 쓰러졌다.

얼마 동안이 지난 뒤에 다시 눈을 떴다.

그러나 이미 그 천사는 사라지고 없었다.

"주님, 이 죄인을 불쌍히 여겨 주시옵소서!"

크리스티아나는 큰 소리로 외쳤다.

"엄마, 왜 그러세요? 꿈을 꾸셨나요?"

잠자던 아이들도 깨어나 엄마에게 달려갔다.

크리스티아나는 꿈 속의 일을 아이들에게

모두 이야기하며 눈물을 흘렸다.

이 일이 있은 후부터였다. 크리스티아나는 가끔

자기 침대 곁에서 누군가의 인기척을 느꼈다.

그는 다름 아닌 두 명의 악한이었다.

"이 여자를 그냥 두면 나중에 제 남편을 따라갈지 몰라."

오른쪽 볼에 상처가 난 악한이 작달막한

악한을 보고 말했다.

"이 여자마저 순례자가 되게 놔둘 수는 없어."

키 작은 악한이 매서운 눈으로, 잠자는 크리스티아나를

노려보며 말했다.

악한의 눈빛이 얼마나 날카로웠는지 잠자던 크리스티아나가

놀라 깨어났다.

두려움에 온몸이 땀으로 흠뻑 젖어 있었다.

아침이 되자, 크리스티아나는 하나님께 기도를 드렸다.

기도가 끝나 갈 무렵 누군가가 문을 두드렸다.

"똑똑똑똑!"

"하나님의 이름으로 오신 분이거든 들어오세요."

크리스티아나는 대답 대신 그렇게 말했다.

"아멘."

문을 두드린 사람은 이렇게 외치며 문을 열었다.

"이 집에 평화가 깃들기는 기도합니다."

그렇게 말하며 크리스티아나 앞으로 걸어왔다.

"제가 무슨 일로 왔는지 아십니까?"

그가 그렇게 말하자, 크리스티아나는 그가 또

무슨 용건으로 왔는지 궁금해졌다.

"제 이름은 비밀입니다. 저는 하늘나라에 살고 있는데

당신이 그곳에 가고 싶어한다는 소식을 듣고 왔답니다."

"저같이 죄 많은 자도 하늘나라에 갈 수 있나요?"

"당신 남편과 함께 떠나지 못한 일에 대해 몹시 뉘우치고

있다는 말도 들었습니다."

"하나님은 저 같은 자의 죄도 용서해 주실까요? "

"하나님은 자비로우십니다. 그분은 언제든 죄 많은 자들의

죄를 용서하실 준비가 되어 있는 분입니다."

하늘나라에서 온 비밀은 친절했다.

"그게 사실인가요? 그러나 그것만으로

하늘나라에 갈 수 있을까요?"

크리스티아나는 여전히 자신이 지은 죄가 두려웠다.

"그뿐만이 아니지요. 기뻐하셔도 될 일은 그분께서 당신을

초대하셨다는 것입니다. 거기다가 그분의 조상이신 야곱의

유산도 나누어 주시겠다고 말씀하셨습니다."

"그게 사실입니까?"

크리스티아나는 이 모든 일을 믿을 수 없었다.

"그분께서는 이 일을 당신에게 알려 주라고

저를 이곳에 보내셨습니다."

듣기만 해도 너무나 감동적인 일이었다.

"너무나 고맙습니다. 그런데 또 하나 궁금한 게 있답니다."

크리스티아나는 남편에 대해 알고 싶었다.

"제 남편 크리스천은 잘 있나요?"

"아주 잘 있답니다. 생명을 주시는 하나님의 얼굴을

우러러보며 기쁘게 살고 있답니다."

말을 마친 비밀은 품 안에서 무언가를 꺼냈다.

"여기, 당신 남편이 섬기는 왕께서

당신에게 보내신 편지가 있습니다."

비밀이 품에 넣어 온 편지를 내밀자, 크리스티아나는 기쁨에

떨며 간신히 받아 들었다. 봉투를 열자 말할 수 없이 향기로운

향유 냄새가 쏟아졌다. 글씨는 모두 금으로 적혀 있었다.

크리스티아나는 찬찬히 편지를 읽었다.

남편이 했던 것처럼 그녀도 하늘나라에 와 영원한

기쁨을 누리라는 내용이었다. 편지를 다 읽은

크리스티아나는 걷잡을 수 없는 감동으로 소리쳤다.

"비밀님, 왕께 가서 경배드릴 수 있도록

저와 제 자식들도 좀 데려가 주시지 않겠나요?"

그 말에 비밀이 진지하게 대답했다.

"달콤한 것을 맛보기 위해서는 먼저 쓴맛을

보셔야 합니다. 하늘나라에 들어간 남편이

겪었던 것처럼 당신도 그와 같은 고난을 겪어야 합니다."

비밀은 낮은 목소리로 신중하게 저쪽 들판을 가리켰다.

"저 들판 너머 좁은 문으로 가세요. 하늘나라로 가는

입구가 거기 있습니다."

"너무나 고맙습니다. 이토록 친절을 베풀어 주시다니요."

크리스티아나는 진심으로 고개를 숙여 인사했다.

"이 편지를 품 속에 넣어 가지고 가면서 하나님의 말씀을
마음 깊이 새기시기 바랍니다."

비밀은 편지를 봉투 속에 넣어 크리스티아나에게 내밀었다.

"가면서 저도 읽고 제 아이들에게도 읽어 주겠습니다."

"그렇게 하세요. 이것은 당신이 순례자의 집에
있는 동안 불러야 할 노래니까요. 또 저쪽 문에 도달하면
이 편지를 꼭 보여 주셔야 합니다."

그러고 나서 비밀은 크리스티아나와 헤어졌다.

그때 나는 꿈 속에서, 크리스티아나와 노신사를 바라봤다.
노신사는 자신의 이야기에 푹 빠져 있었다.
그에게 지친 기색이라고는 없었다.

"너희 아버지와 함께 순례 여행을 떠나지 못한 것이
이렇게 후회스러울 줄은 몰랐구나!"

크리스티아나는 아이들을 불러모아 놓고 눈물을 흘렸다.

"특히나 너희 아버지가 크게 슬퍼하실 때, 내가 한 행동들이
너무나 미안하고 부끄럽기만 하구나."

그 모든 걸 생각하면 크리스티아나는 당장이라도 죽고 싶은

마음이었다. 크리스티아나는 고개를 흔들며 단호하게 말했다.

"얘들아! 짐을 꾸려 하늘나라로 가는 좁은 문으로 가자꾸나.

우리도 가서, 그곳 법에 따라 너희 아버지와

함께 살자."

어머니의 말을 들은 아이들은 엄마를 따라

기쁨의 눈물을 흘렸다.

"똑똑똑!"

막 출발을 하려는데, 누군가 방문을 두드렸다.

"하나님의 이름으로 오신 분들이면 들어오세요."

안으로 들어온 사람들은 이웃집 여자들이었다.

"크리스티아나, 지금 뭐 하시는 거예요?"

"여행을 떠나려고 준비하는 중이에요."

크리스티아나는 나이 많은 겁쟁이 여인을 쳐다보며

대답했다.

"무슨 여행인데요?"

"제 남편을 따라가려고요."

그 말을 하고 보니 남편이 생각나 또 눈물이 났다.

"크리스티아나, 그만둬요. 자식 가진 엄마가

아이들을 버리다니오?"

"아니에요. 함께 간답니다."

"참, 알다가도 모를 일이군요. 도대체 집을 버리고
왜 떠난다는 거에요?"

나이 많은 겁쟁이 아주머니가 벌컥 화를 냈다.

"제가 알고 있는 사실을 아신다면 아주머니께서도
저와 함께 떠나시려 할 겁니다."

"저는 안 가요. 그나저나 알고 있다는 사실이란 게 뭔데요?"

"간밤 꿈에서 남편을 보았어요. 그이는 하늘나라 왕과 함께
멋있는 집에서 살고 있었어요. 남편은 나를 보더니 얼른 오라고
몇 번이나 말하더군요."

크리스티아나의 말을 들은 겁쟁이 아주머니가
깜짝 놀라면서 소리쳤다.

"크리스티아나, 그건 죽음의 유혹이에요!
절대로 가지 마세요!"

"진정하세요. 유혹이 아닙니다. 조금 전까지도
하늘나라 왕의 사자께서 여기 계시다 떠났어요."

"그 사람이 왜 왔다는 거에요? 당신의 영혼을
훔치러 온 게 아닌가요?"

"아닙니다. 그분은 내 영혼을 훔치러 온 게 아니라
저를 초대하는 하나님의 편지를 가지고 오셨답니다."
"하나님의 편지를요?"
"그렇답니다."
크리스티아나는 품에 넣었던 편지를 꺼내 읽어 주었다.
다 듣고 난 겁쟁이 아주머니가 눈물을 흘리며 말렸다.
"당신이나 당신 남편이나 미쳤군요. 그런 유혹에 넘어가다니!
갈팡질팡 씨는 당신 남편을 따라갔지만 현명한 사람답게
되돌아왔지요. 어디 그뿐인가요. 당신 남편이 당한 숱한
어려움과 고난은 이미 들어서 다 알고 있어요.
그러니까 포기하세요."
"붙잡는다고 해도 저희들은 가야 합니다."
"남자인 당신 남편도 힘들었던 길을 가녀린 여자 몸으로,
그것도 아이들까지 데리고 간다는 건
무리예요. 애들에게 무슨 죄가 있나요?"
"저를 유혹하지 마세요. 이 기회를 놓친다면 저는 천하의 바보
멍청이가 될 겁니다. 아주머니께서 하나님의 이름으로 오신 게
아니라면 더 이상 제 마음을 흔들지 마세요."
크리스티아나의 마음은 바위처럼 흔들리지 않았다.

"자비, 우리 그만 가자. 이웃이라고 걱정되어 말해 줬더니
오히려 우리를 모욕하는구나. 어디 한번 멋대로 해 보라지."
겁쟁이 아주머니는 같이 온 자비의 손을 잡아끌었다.
끌려갈 듯하던 자비는 순순히 따라가지 않았다.
"너는 또 왜 그러느냐?"
"마침 날씨도 좋은데, 크리스티아나 아주머니를 따라가면서
잠시라도 거들 일이 있으면 도와 드리는 게 좋겠어요."
"너도 바보 멍청이가 되어 가고 있구나. 그러나 일단 빠지고
난 뒤에는 그걸로 끝장이다. 후회해도 소용없단 말이다."
겁쟁이 아주머니는 자비를 두고 집으로 돌아가 버렸다.

크리스티아나는 길을 떠나기 위해 집을 나섰다.

"자비 님, 당신이 저를 배웅해 줄 거라고는

꿈에도 생각 못 했어요. 고마워요."

크리스티아나는 잠시만이라도 함께 가 주는 자비가 고마웠다.

"저도 아주머니랑 함께 떠날 수 있으면 좋을 텐데……."

자비는 아이들을 데리고 나선 크리스티아나를 따라 나왔다.

"저랑 같이 가요. 비록 제가 초대받고 가긴 하지만

분명 당신도 그곳에서 환영받을 겁니다.

하늘 왕께서는 자비 베풀기를 즐겨 하시거든요."

"하지만 그 나라에서 저를 받아 준다는 보장이 없잖아요.

그것만 아니라면 아무리 멀고 험한 길도

나설 수 있을 텐데……."

"그럼, 저랑 저기 좁은 문까지만이라도 같이 가세요.

거기 가서 제가 부탁해 볼 게요."

"그럼 우선은 거기까지 가 보고 결정하겠어요."

자비의 말을 듣자, 크리스티아나는 기뻤다. 동행자가 생겨서

무엇보다 좋았다. 그보다 더 기쁜 건 자비가

하늘나라의 구원을 간절히 원한다는 것이었다.

이야기 도중에 자비가 울음을 터뜨렸다.

"자비 님, 왜 우나요?"

"아직도 죄 많은 마을에 남아 있는 친척들이 불쌍해서요.

그들에게 앞으로 일어날 일들에 대해 말해 줄 사람이

없다는 걸 생각하면 더욱 슬퍼요."

자비는 착한 여자였다. 잠시만이라도

그들 곁을 떠나는 게 슬펐다.

"순례자들은 다 그렇답니다. 착하디착한 제 남편도 집을

떠날 때 그렇게 슬피 울었답니다. 저 때문에요. 제가 남편 말을

죽어라 하고 안 들었잖아요. 제 남편이 그날 흘린 눈물의

열매가 저와 제 아이들과 자비 님을 거두어 가는 거랍니다."

"정말 그럴까요?"

"그렇지요. 울며 씨를 뿌리러 나가는 자는 반드시 기쁨으로 그 열매를 가지고 돌아오리라는 그분의 말씀이 있잖아요."

크리스티아나의 말을 듣고 자비는 이렇게 노래 불렀다.

"복 되신 분이시여, 저를 인도해 주소서.
저를 당신의 문으로 이끄소서.
그리고 무슨 일이 있어도
그분의 은혜와 그 거룩한 길에서
돌아서지 않게 저를 지키소서.
또 제가 두고 온 모든 사람들을
주님께서 부르시어
그들의 모든 생각과 마음을
당신 것으로 삼으소서."

노신사는 나에게 크리스티아나에 대한 이야기를 계속 들려 주었다.

크리스티아나 일행은 수렁이 있는 곳에 다다랐다.
크리스티아나는 수렁을 보며 남편의 일을 떠올렸다.
"바로 이곳이야. 바로 이곳이라네!"

크리스티아나가 눈물을 흘리며 소리쳤다.

"이곳이라니오?"

자비가 수렁을 보며 물었다.

"내 남편이 이 수렁에 빠져 질식해 죽을 뻔했던 곳이에요."

크리스티아나가 바라보는 수렁은 쓰레기로 가득 차 있었다.

왕께로 가는 길이 이처럼 더럽고 위험하다니.

"아, 바로 이곳이 그 진흙 수렁이었군요. 그런데

이상도 하지요. 왕께서 순례자들을 위해 길을 고치라고

하셨을 텐데 아직도 이 모양일까요?"

자비는 크리스천이 고생했을 그때의 일을 생각했다.

"왕의 일꾼 중에도 말로만 일꾼 노릇을 하는

자들이 많아 그렇겠지요."

크리스티아나 일행은 걸음을 멈추었다.

아무리 생각해 봐도 앞으로 나갈 길이 막막했다.

"제가 모험을 해 보겠습니다."

자비가 앞장을 서서 발밑을 살피며 걸어 나갔다.

몇 번이나 수렁에 빠진 뒤, 일행은 간신히 건널 수 있었다.

"믿는 여자에게 복이 있도다. 주께서 그에게

하신 말씀이 반드시 이루어지리라."

그들의 귀에 이런 목소리가 들려왔다.

"저도 아주머니처럼, 좁은 문에서 사랑으로
환영받을 확실한 보장이 있으면 좋겠어요."

수렁을 다 건넌 뒤, 자비는 괴로운 표정으로 말했다.

"하나님께서, 아가씨처럼 진정한 행복과 영광을 구하려 하는
사람을 버려둘 리 있겠어요? 용기를 내세요."

"그랬으면 좋으련만……."

그러는 사이, 내게 크리스티아나의 이야기를 들려주던 신사도
나 혼자 꿈을 꾸게 내버려 두고 떠나가 버렸다.

일행은 길을 떠나 드디어 좁은 문 앞에 다다랐다.

"똑똑똑!"

크리스티아나가 문을 두드렸다.

아무런 대답이 없었다.

그래도 자신의 남편이 그랬던 것처럼
포기하지 않고 또 두드렸다.

여전히 아무 대답도 없었다.

그러자 일행은 두려움에 떨었다.

몇 번이나 문을 두드리자 안에서 목소리가 들렸다.

"누구냐?"

"주여, 함부로 문을 두드린 저희들에게 노여워하지 마십시오."

그 목소리를 듣고 문지기가 문을 열었다.

"어디에서 왔느냐? 무슨 일로 왔느냐?"

"저희에게 하늘나라로 통하는 이 문으로 들어가게

해 주세요. 저는 크리스티아나인데 지금은

하늘나라에 가 있는 크리스천의 아내랍니다."

크리스티아나는 두 손을 모아 예의바르게 대답했다.

"뭐라고? 순례자가 되는 걸 그렇게 싫어했던

여자가 바로 너였다는 말이냐?"

문지기가 의아한 표정으로 물었다.

"그렇습니다. 여기 있는 제 자식들도

순례자가 되었습니다."

그러자 문지기는 크리스티아나와 자식들을 안으로 안내했다.

그러고는 쾅, 문을 닫았다. 그순간, 문 위에 있던 나팔수들이

환영하는 기쁨의 나팔을 불었다. 그리고 큰 소리로 환영의

합창을 했다. 그뿐만이 아니었다. 하늘에서도 아름다운

나팔 소리가 울렸다.

그때 밖에서 또 문 두드리는 소리가 났다.

"저랑 함께 온 제 친구랍니다."

크리스티아나는 얼른 말했다. 좁은 문으로 들어오는 일에
정신이 팔려 자비를 미처 챙기지 못한 것이었다.

문지기가 문을 열자, 자비가 힘없이 주저앉았다.

"처녀여, 일어나라."

문지기가 손을 내밀었다.

"두려워하지 말고 일어나서 무슨 일로 왔는지 말해 보아라."

문지기는 자비를 안으로 들이고는 조용히 물었다.

"크리스티아나 님은 왕의 초청을 받았지요. 그러나 저는
초청을 받지 못했답니다. 그래서 이 문 안으로 들어오지
못할까 봐 내내 두려움에 떨다가 쓰러졌답니다."

자비와 크리스티아나의 눈에 눈물이 그렁그렁 맺혔다.

"어떻게 내게로 오게 되었든지, 나는 나를 믿는 자들
모두를 위해 기도한다."

그러고는 힘을 내라고 몰약 한 줌을 주었다.

그걸 먹고 난 다음, 자비는 새로운 힘을 얻었다.

주님만이 나를 살리시네

크리스티아나는 문지기에게, 앞으로 갈 길에 대해
이것저것 물어 보았다. 문지기는 전에 크리스티아나의
남편에게 그랬듯이 그들에게 먹을 것을 주었다.
그리고 발도 씻겨 준 다음 갈 길을 알려 주었다.

나는 꿈 속에서, 그들이 길을 걷는 것을 보았다. 날씨는 한없이
맑고 깨끗했다. 크리스티아나는 행복에 겨워 노래했다.

"행복하네. 행복하네.
나를 순례자로 만들어 주신 분이 있어

나는 행복하네.

이제야 가는 길이지만
늦게라도 가는 것이 안 가는 것보다
나은 거지.

눈물은 기쁨이 되고
두려움은 믿음이 되었네.
시작부터 기뻤으니
그 끝도 기쁠 테지, 기쁠 테지."

"웬 남자들이 이쪽으로 오고 있어요."

자비가, 과일나무 숲에서 이쪽을 노려보고

있는 두 사내를 가리켰다.

한눈에 보기에도 험상궂게 생겼다.

"얘들아, 너희들이 앞장을 서라. 어려도 너희는 남자니까."

크리스티아나와 자비는 얼른 베일로

얼굴을 가리고 아이들을 앞세워 걸었다.

사내들이 갑작스럽게 껴안기라도 하듯 다가와 섰다.

"물러서시오! 가던 길이나 가시오!"

크리스티아나가 사내들을 향해 소리쳤다.

"우리가 하라는 대로 가만 있는 게 좋을 텐데……."

두 사내는 그렇게 말하며 달려들었다.

크리스티아나와 자비는 잽싸게 몸을 날려 그들을 피했다.

"물러서요! 우린 보다시피 가난한 순례자요.

그냥 조용히 가시오!"

"우리는 돈을 빼앗으려는 게 아니오.

우리 말에 순순히 따르면 살려 주겠소."

두 사내가 낄낄거리며 능글맞게 웃었다.

"우리를 겁탈하려 한다면 여기서 죽어 버리겠소!"

크리스티아나가 으름장을 놓자, 자비가 소리쳤다.

"사람 살려요! 사람 살려요!"

그 소리에 사람들이 달려왔다.

"우리 주님의 백성들을 욕보이겠다는 거냐?"

"저 자들을 혼내 주자!"

모여든 사람들이 겁을 주자, 그들은

높은 집 담을 타고 넘어 도망쳐 버렸다.

"길 안내자를 부탁했으면 딸려 보내 드렸을 텐데……."

그렇게 말하는 사람은 조금 전에 본 문지기였다.

"그때는 이런 일을 짐작도 못했지요."

"이곳도 역시 위험하답니다."

"그렇다면 안내자를 좀 붙여 주시지 않고요."

"부탁하지 않으실 때는 붙여 주지 않는답니다. 간절히 원할 때 보내 드려야 안내자의 소중함을 알게 되거든요."

"그렇군요."

말을 마친 문지기는 다시 돌아갔다. 그리고 순례자들은 여행을 계속했다.

한참을 가던 길에 집 한 채를 발견했다.

일행은 문 가까이 다가가 방 안에서 들려오는 이야기를 들었다.

그 안에서는 크리스티아나에 대한 이야기를 하고 있었다.

일행은 주인의 허락을 받고 들어갔다.

그곳은 예전에 남편이 거쳐 간 해석자의 집이었다.

크리스티아나 일행은 해석자의 집에서 하루를 묵고 일어났다.

"이 집에서 제일 좋은 방으로 안내해 드리겠습니다."

해석자는 크리스티아나 일행에게 좋은 것을 보여 주고 싶어했다.

크리스티아나 일행은 해석자를 따라갔다.

멋진 방이 나타났다. 크리스티아나는 주변을 살폈다.

별다른 것은 없었다. 다만 벽 위에 커다란 거미

한 마리가 달라붙어 있었다.

"선생님, 이 방에는 아무것도 없네요.

무엇을 보여 주시려고 그러시는지요?"

자비의 말에 해석자는 다시 한 번 살펴보라고 했다.

"벽에 매달려 있는 흉측한 거미 한 마리밖에 없는데요."

그 말에 해석자가 말했다.

"저 거미 한 마리만 있는 게 아닙니다. 거미보다

더 해롭고 무서운 거미들이 여기 있습니다."

그리스티아나는 자신과 아이들을 가리켰다.

"그렇습니다. 이제야 깨달았군요.

해롭고 무섭기야 사람도 마찬가지지요."

해석자는 고개를 끄덕이며 또 다른 방으로 일행을 데리고 갔다.

그곳에는 암탉 한 마리와 병아리들이 있었다.

"한번 살펴보세요."

그런 다음 해석자는 가만히 있었다.

병아리 한 마리가 구석자리로 가 물을 마시고 있었다.

어미닭은 병아리를 품기도 하고 때로는 뭐라고

꼬꼬꼬, 주의를 주기도 했다.

"자, 어떻습니까? 이 암탉을 여러분의 왕이라고

생각하고, 병아리들을 그분의 말에 따르는

백성들이라고 생각해 보세요."

해석자가, 사랑스러운 눈길로 병아리와

암탉을 바라보면서 말했다.

"이것은 무엇을 뜻하나요?"

이번에는 자비가 물었다.

"하나님은 그냥 빽빽 우는 소리를 내는 사람에게는

아무것도 주지 않아요. 그러나 특별한 소리로

부를 때는 항상 무언가를 주신답니다.

또 그들을 당신의 날개 아래 품으실 때는

암탉처럼 자애로우시지요."

해석자가 말을 마치며 돌아다보았다.

"그리고 주실 때마다 그분에게 고마움을 나타내는

병아리의 모습에서 깨달은 점이 많습니다."

크리스티아나가 감사하는 마음으로 말했다.

집으로 돌아오는 길에 울새 한 마리를 보았다.

울새는 커다란 거미를 입에 물고 있었다.

자비는 그게 무슨 뜻인지 몰라 어리둥절했다.

"저건 또 어떤 뜻이지요? 모르겠습니다."

자비가 울새를 쳐다보며 물었다.

"글쎄요. 그게 무슨 뜻일까요?"

이번에는 크리스티아나를 보며 해석자가 물었다.

"작고 귀여운 울새가 저렇게 징그러운 벌레를 물고 있다니요?
작아서 깨끗한 것만 먹고사는 줄 알았는데 좀 놀랍군요."

그 말을 듣고 해석자가 입을 열었다.

"저 울새는 몇몇 거짓 신자의 모습을 상징합니다.
겉으로 보기에는 교양 있어 보여도 실은 이것저것 가리지 않고
게걸스럽게 마구 죄를 저지르는 사람의 모습입니다."

"아, 그렇군요. 우리가 삼가야 할 일을
울새가 보여 주고 있군요."

"옳습니다. 처음 신앙을 고백하는 일은 쉽지만
끝까지 신앙을 지키는 일은 어렵습니다.
겉과 속이 같을 때 하나님은 그를 진정으로
사랑하십니다. 그 사실을 잊지 마십시오."

해석자는 말을 마치고 크리스티아나 일행을
정원으로 데리고 갔다.

정원에는 나무 한 그루가 서 있었다. 그 나무는

속이 썩어 텅 비었지만 죽지 않은 채 자라고 있었다.

"이것은 또 무엇을 뜻하는 거지요?"

궁금한 나머지 자비가 또 물었다.

"이 나무는 하나님의 동산 안에 사는 사람을 비유하고

있습니다. 그들은 입으로는 하나님을 찬송하지만

하나님을 위한 일은 하나도 하려고 하지 않습니다.

잎사귀는 무성한데 속은 썩었으니 아궁이 안에나

들어갈 일밖에 없는 거지요."

해석자의 말이 끝났다.

그때 마침, 저녁 식사 준비가 다 되었다는 연락이 왔다.

식탁에 둘러앉은 사람 중에는 노래를 불러 주는 이도 있었다.

그가 멋진 목소리로 노래를 불렀다.

"주님만이 나를 살리시네.

그분만이 나를 먹이시네.

부족한 점 하나 없으니

더 무엇을 바라겠나."

다음 날 아침, 자리에서 일어난 크리스티아나와 아이들,

그리고 자비는 모두 깨끗이 목욕을 했다.

몸을 씻고 나오자 해석자가 하인에게 말했다.

"도장을 가져오너라."

하인이 도장을 가져오자, 해석자는 도장을 받아 들고 말했다.

"하나님의 백성이란 표시를 할 겁니다."

해석자는 크리스티아나 일행의 양 미간에

도장을 하나씩 찍었다.

도장이 찍힌 얼굴은 더 아름다웠다.

그건 장식일 뿐 아니라 품위까지 높여 주었다.

"이분들이 입으실 예복도 가져오너라."

이번에는 하인에게, 보관실에 가서 예복을 가져오게 했다.

하인은 잠깐 뒤에 예복을 두 손에 받쳐 들고 왔다.

희고 깨끗한 세마포로 만들어진 옷이었다.

"크리스티아나 님, 아주 눈부셔요!"

"자비 님 역시 쳐다볼 수 없을 만큼 눈부시군요!"

예복을 입은 일행은 서로를 바라보며 깜짝 놀랐다.

너무나 아름다웠다.

그때 해석자는 용감무쌍이라는 하인을 불렀다.

"용감무쌍, 이리로 오게."

문 밖에 서 있던 용감무쌍이 들어왔다.

그는 칼과 투구와 방패로 무장을 하고 있었다.

"이분들을 다음 휴식 장소인 아름다움 궁전까지

모셔다 드리도록 해라."

해석자는 용감무쌍에게 명령을 내렸다.

크리스티아나 일행은 해석자 님과 작별을 하고,

용감무쌍의 안내를 받으며 길을 떠났다.

순례자들은 고난의 언덕에 다다를 때까지 계속 걸었다.

고난의 언덕 밑에 있는 샘에 도착하자, 용감무쌍이 말했다.

"이 샘물은 크리스천 님이 언덕을 오르기 전에

마셨던 물입니다. 어서 마셔 보십시오."

그 말에 일행은 샘물을 마셨다.

몸이 한결 가벼워지고 샘물처럼 생기가 돌았다.

어린아이들을 앞세우고 길을 떠났다.

"제 정신 좀 봐요. 술병을 깜박 잊고 그냥 왔네요."

한참을 걸어가다가 크리스티아나가

깜짝 놀라서 소리쳤다.

"막내야, 네가 뛰어가서 가져오렴."

크리스티아나는 막내 야고보를 시켰다.

야고보가 뛰어가는 것을 바라보며 자비가 말했다.

"여기서는 다들 하나씩 꼭 잃어버리나 봐요.

크리스천 님도 여기서 두루마리를 잃어버리셨는데.

이게 대체 무슨 조화죠?"

"순례자들은 가장 기쁜 순간에도 이미 받은 것들을

잘 챙기고 기억해야만 해요. 그렇지 않으면

마치 술병을 잃어버리듯 자기 자신을

잃어버릴 수도 있으니까요."

"여기 술병 가져왔어요."

막내 야고보가 잠시 뒤에 술병을 찾아 들고 돌아왔다.

이제 그들은 전에 의심쟁이와 겁쟁이 둘이서

사자가 무서워 도망치던 곳에 도착했다.

그곳에는 처형대가 있었고, 길가에는

큼직한 게시판도 하나 세워져 있었다.

게시판에는 시 한 수가 적혀 있었다.

"이 처형대를 보는 이는

그 마음과 혀를 조심하라.

조심하지 않으면

앞선 이들처럼 처형당하리."

그 아래쪽에는 또 이런 글이 적혀 있었다.

"이 처형대는 의심을 품거나 겁을 내어 앞으로 더 나아가지 않으려는
이들을 벌하기 위해 세웠다."

거기서 조금 더 나아가자, 정말로 사자가 나타났다.
"엄마, 무서워요."
아이들은 사자가 무서워 엉금엉금 기어 나갔다.
"물리면 죽을 텐데 어쩌지요?"
자비와 크리스티아나는 두 손으로 눈을 가리며 간신히 걸었다.
"위험이 없을 때는 씩씩하게 가다가도 사자가
나타나자 두려워 떨면 안 되지요!"
용감무쌍이 껄껄껄 웃으며 말했다.
그러더니 칼을 빼 들고 사자에게 덤벼들었다.
"아니, 너는 누구냐!"
그때 용감무쌍을 가로막으며 벼락같이 소리치는 사람이
있었다. 그의 이름은 잔인무도였다. 그는 순례자들을
하도 많이 죽여서 피투성이라는 별명을 가진 인물이었다.

"이 여인들과 아이들은 순례의 길을

가는 중이다. 그러니 어서 비켜라!"

용감무쌍이 소리쳤다.

"이 길은 순례자들이 지나가라고 만들어 놓은

길이 아니다. 더구나 이 사자는 나의 사자다.

어디서 함부로 칼을 빼 드느냐?"

사자도, 잔인무도도 포악하기가 이를 데 없었다.

"순례자들 대부분이 이 길 말고 다른 샛길로

돌아갔다고 해도 나는 절대 그럴 수 없다."

크리스티아나가 용기를 내어 말했다.

"좋은 말 할 때 샛길로 가든지 말든지 하라!"

잔인무도는 야릇한 웃음을 띠며 칼을 번쩍 치켜들었다.

"이 길은 왕에게로 가는 큰길이다. 그런데 여기에

사자를 풀어 놓다니! 괘씸한 놈!"

말을 마치기가 무섭게 용감무쌍은 잔인무도에게 덤벼들었다.

용감무쌍의 칼에 투구가 박살난 잔인무도가 무릎을 꿇었다.

그러더니 정신을 잃고 쓰러져 버렸다.

"자, 이제 저를 따라오십시오."

모두들 용감무쌍을 따라 사자 앞을 지났다.

거기서 또 한참을 간 뒤, 아름다움 궁전의

문지기네 오두막이 보이는 곳에 다다랐다.

오두막집으로 크리스티아나 일행을 안내하고 난

용감무쌍은 떠나 온 곳으로 되돌아갔다.

이 오두막은 예전에 크리스천이 하룻밤을 묵어 간 집이었다.

저녁이 되자 크리스티아나 일행은

주인의 허락을 받아 같은 방에 잠자리를 정했다.

자리에 누운 크리스티아나와 자비는

도란도란 이야기를 나누었다.

"제가 이렇게 남편 뒤를 따라 순례의 길을

나서게 될 줄은 꿈에도 생각하지 못했어요."

크리스티아나는 왠지 잠이 오지 않았다.

"크리스천 님이 묵었던 방에 눕게 될 줄을

상상이나 하셨겠어요?

자비의 목소리도 또랑또랑했다.

"잠깐만요!"

그때 자비가 목소리를 낮추었다.

"조용히 들어 보세요. 음악 소리가 들려요."

"그렇군요. 우리를 환영하는 음악 소리가 분명해요."

크리스티아나가 창 밖으로 귀를 모으며 말했다.

"정말 멋진 일이군요. 우리를 위해

하늘나라에서도 환영해 주다니오."

크리스티아나와 자비는 밤늦도록

음악 소리에 마음이 설레었다.

아침이 밝자, 크리스티아나는 이제 막 잠에서 깨어난

자비에게 물었다.

"간밤에 자면서 웃던데 왜 그랬나요?"

"꿈을 꿨어요. 아주 달콤한 꿈을요."

자비의 얼굴에는 아직도 간밤에 꾼 행복이 배어 있었다.

"대체 무슨 꿈이기에 그러세요?"

자비는 꿈 이야기를 했다.

"하늘나라에 못 들어갈까 봐 울고 있을 때였지요.

웬 날개 달린 분이 제게 날아왔어요. 그분이

'평안하라.' 고 하면서 제 눈물을 닦아 주고,

금은으로 장식된 옷도 입혀 주고, 목걸이랑 귀고리도

달아 주셨지요. 머리에는 면류관까지 씌워 주셨고요."

자비는 기쁨에 젖은 채 말을 이어 나갔다.

"저를 보고 따라오라기에 갔더니 황금 문이 나왔어요.

그 안에는 보좌에 앉아 계신 분이 있었는데

그분이 저에게 뭐라고 하셨는 줄 아세요?"

크리스티아나는 대답 대신 고개를 저었다.

"'어서 오너라, 내 딸아!' 라고 하셨지요."

"좋은 꿈이네요. 그런 꿈을 꾸느라

얼굴에 온통 행복한 웃음을 지었군요."

"기뻐요. 그 꿈이 그대로 이루어지는 걸 본다면

다시 한 번 웃을 수 있겠네요. 아참, 꿈에서

크리스천 님도 뵈었습니다."

자비는 아직도 꿈 속을 거니는 듯 행복에 겨운 얼굴로 말했다.

"정말 모든 게 다 이루어졌으면 좋겠네요."

크리스티아나도 기분 좋게 웃었다.

아래층으로 내려가자 신중 아가씨가 맛있는 식사를

차려 놓고 일행을 맞았다.

식사가 끝나고 나자, 신중 아가씨가

크리스티아나의 아이들과 이야기를 나누었다.

"막내 야고보야, 누가 너를 만드셨지?"

신중 아가씨는 막내에게 처음으로 물었다.

"성부, 성자, 성령 하나님이시죠."

"그러면 성자 하나님께서는 어떻게 너를 구원하셨지?"

"그분의 의로우심, 죽으심, 피 흘리심

그리고 생명으로 구원해 주셨지요."

신중 아가씨는 아이를 훌륭하게 키운

크리스티아나에게 칭찬을 했다.

"이번에는 요셉, 셋째 아드님에게 물어 볼게요."

"네. 물어 보세요."

요셉이 몸가짐을 바르게 하고 앉았다.

"인간이란 어떤 존재인가요?"

"하나님이 만드신 이성을 가진 존재랍니다."

"그럼, '구원'이라는 말을 들으면 어떤 생각이 나지요?"

신중 아가씨가 요셉의 눈을 바라보며 물었다.

"죄를 지어 괴로움에 떠는 사람이 생각나요."

요셉은 묻는 말에 또박또박 대답했다.

"그럼, 그런 사람이 삼위일체 하나님의

구원을 받게 된다는 건 무슨 뜻일까요?"

"하나님께서 인간을 너무나 사랑하신다는 뜻이지요."

신중 아가씨의 질문은 계속되었다.

"그런 불쌍한 사람을 구원해 주시는

하나님의 목적은 무엇일까요?"

"그분이 지으신 인간들을 영원토록 행복하게

하기 위한 것입니다."

"그럼, 구원받을 수 있는 사람은 어떤 사람이지요?"

"하나님의 구원을 받아들이는 사람이지요."

신중 아가씨의 질문은 거기서 끝났다.

요셉의 막힘없는 대답에 신중 아가씨도 혀를

내두르며 칭찬했다. 엄마인 크리스티아나가

자식을 잘 가르쳐 준 데 대해서도

잊지 않고 인사를 했다.

신중 아가씨는 둘째인 사무엘에게도 물었다.

그리고 맏아들인 마태에게도 물었다.

"세상에 하나님보다 먼저 존재했던 게 있을까요?"

"아니오. 하나님이 이 세상을 창조하기 전까지는

하나님 한 분 외에는 아무도 없었습니다."

"성경에 대해서는 어떻게 생각하지요?"

신중 아가씨는 쉬지 않고 질문했다.

"하나님의 거룩한 말씀이지요."

마태도 반듯한 자세로 대답했다.

"성경에 기록된 말씀 중에 혹시 이해 못 하는 것도 있나요?"

"네. 많아요."

"그럴 땐 어떡하지요?"

"저는 하나님이 지혜로우신 분이라고 생각해요.

그래서 모르는 것은 제 스스로 깨달을 수 있게

해 달라고 기도하지요."

"마지막으로 묻겠는데 죽은 사람이

부활한다는 건 어떻게 믿지요?"

신중 아가씨의 마지막 질문이 날아왔다.

"땅에 묻혔던 사람이 그 몸 그대로 부활한다고 믿어요.

왜냐하면 하나님께서 그렇게 약속하셨고,

하나님께는 그럴 만한 능력이 있으시기 때문이지요."

마태의 대답에 신중 아가씨가 당부했다.

"어머니의 가르침을 잘 듣고 따르도록 해요.

어머니는 훨씬 많은 것을 가르쳐 주실 테니까요."

하늘나라 배달부

순례자들이 아름다움 궁전의 문지기 오두막에

머문 지 일 주일이 되었다.

"자비 님! 자비 님, 여기 계십니까?"

아침 식사가 막 끝나고 난 뒤였다.

웬 남자가 오두막집 문 앞에서 자비 아가씨를 찾았다.

목소리만 들어도 그가 쾌활이라는 걸 알 수 있었다.

쾌활은 자비 아가씨에게 호감을 갖고 있었다. 호감이라기보다

사랑의 감정이었다. 자비가 언젠가 그랬다.

"쾌활 씨가 제게 사랑을 고백했어요."

그때 자비가 곁들여 말하기를 쾌활은 활동적인 청년이며

교양도 있다고 했다.

"그런데 부족한 것은 신앙심이에요. 세상에 깊이
물들어 있다고나 할까요."

자비는 맑고 큰 눈으로 그 점에 대해 안타까워했다.

자비는 무척 아름다운 아가씨였다. 또 언제나 부지런했다.

쾌활은 그 점에 반해 버렸을지도 모른다.

그러나 옷가지들을 손수 만들어 가난한 사람들에게
나누어 주는 일에 대해서 쾌활은 못마땅해 하고 있었다.

"왜 이렇게 매일같이 이런 걸 만들고 있나요?"

언젠가 찾아온 쾌활이 자비를 보고 퉁명스럽게 물었다.

"이 일은 어쩌면 저를 위한 일이기도 하고,
또 어쩌면 남을 위한 일일 수도 있어요."

자비는 자신의 마음을 솔직하게 말했다.

"이 일을 해서 하루에 얼마를 버나요?"

"돈을 벌기 위해서가 아니에요. 앞날을 위해
선행을 쌓아 가는 거랍니다."

"누구에게요?"

쾌활의 얼굴이 붉어졌다.

"헐벗고 가난한 사람들에게요."

자비의 말이 끝나자 쾌활은 벌떡 일어나 가 버렸다.

그 후 쾌활은 두 번 다시 자비를 찾아오지 않았다.

사람들이 자비에 대해 물으면 쾌활은 이렇게 대답했다.

"자비는 말이지요. 예쁘기는 하지만

머리가 좀 모자라는 것 같더군요."

곁에서 듣고 있던 신중 아가씨가 말을 거들었다.

"그것 보세요. 신앙심이 부족한 사람하고

아가씨는 아주 달라요."

"아무한테도 말은 안 했지만 전에도

저와 결혼하고 싶어했던 사람이 여럿 있었답니다.

그런데 제 성품을 모두 못마땅해 하더군요."

"요즘 세상에 자비로운 마음을 누가 중요하게

여기기나 하나요? 그러니 그렇지요."

신중 아가씨가 심드렁하게 대꾸했다.

"그러니 할 수 없지요 뭐. 그냥 처녀로 늙는 수밖에요.

아니면 제 마음을 남편으로 여기고 살든가."

한숨을 내쉬던 자비가 다시 말을 이었다.

"제 언니도 쾌활 씨 같은 남자와 결혼했답니다.

그런데 언니가 계속 가난한 이들을 도와 주자,

참지 못하고 쫓아내 버리더군요."

"아가씨 형부는 그러면서도 신자인 척했지요?"

신중 아가씨가 더 이상 참지 못하고 투덜거렸다.

"네. 맞아요. 세상이 온통 그런 사람투성이에요."

어느덧 한 달이 지나갔다.

크리스티아나는 아름다움 궁전의 생활에 정이 들었다.

그러나 순례자는 길을 떠나야 했다.

"엄마, 해석자 님 댁에 사람을 보내 용감무쌍 아저씨를

다시 보내 달라고 부탁하는 걸 잊지 마세요.

그분이 우리의 길을 안내해 주시면 좋잖아요."

길을 떠나기 전에 요셉이 크리스티아나에게 말했다.

"그래. 엄마가 하마터면 또 잊을 뻔했구나!"

크리스티아나는 아들 요셉의 머리를 쓰다듬었다.

요셉은 그렇게 엄마의 마음을 헤아리거나

이해할 줄 아는 아이였다.

크리스티아나는 그 자리에서 편지를 썼다.

그리고 문지기인 경계한테 주면서 해석자에게

보내 달라고 부탁했다.

"크리스티아나 자매께서 길을 떠나신대!"

신중 아가씨가 모든 사람들을 불러모았다.

모두 모여 하나님께 기도를 올렸다.

크리스티아나 일행같이 많은 도움이 되는 손님을

맞게 해 준 왕께 감사를 드렸다.

떠나기 전, 크리스티아나 일행은 신중 아가씨의

안내로 여러 가지를 보았다.

하와가 뱀의 유혹으로 먹은 사과며, 하늘나라로 오르는

야곱의 사다리, 황금 닻, 아브라함이 아들 이삭을 제물로

바치던 산꼭대기도 보았다.

그걸 다 보고 난 뒤, 크리스티아나는

제단 앞에 서서 조용히 기도했다.

해질 무렵, 신중 아가씨는 일행을 위해

하프를 연주해 주었다.

"하와의 사과를 보여 드렸네.
　그대들 유혹에 빠지지 마시길.
　천사들 오르내리는
　야곱의 사다리 보여 드렸네.
　황금 닻도 하나 보여 드렸네.

아브라함이 그랬듯

가장 귀한 것으로 바칠 때까지

초심초심 길을 가시길."

바로 그때, 누군가 식당 문을 두드렸다.

문지기가 문을 열어 보니, 어느새 용감무쌍이 와 있었다.

"이렇게 와 주셔서 고마워요, 용감무쌍 씨!"

제일 먼저 크리스티아나가 반겼다.

"우리를 지켜 주시기 위해 용사께서 오셨네요."

자비도 일어나 반갑게 맞았다.

"주인님께서 이걸 드리라고 해서 가져왔습니다."

용감무쌍이 들고 온 짐을 풀었다.

포도주 한 병과 볶은 콩 약간, 그리고 석류 몇 개가 나왔다.

"아유, 주인님께서는 고맙고 자상하기도 하시지."

크리스티아나가 인사를 드리자,

잊었다는 듯 용감무쌍이 말했다.

"아이들에게 주라시며 무화과와 건포도도

주셨습니다. 여행 중에 원기를 되찾으시라고."

이번에는 어깨에 짊어진 가방에서

무화과와 건포도를 내놓았다.

"고맙습니다. 고맙습니다, 아저씨."

아이들도 차례로 용감무쌍에게 인사를 했다.

"자, 그럼 저와 함께 떠나시지요."

용감무쌍이 앞장을 섰다.

일행은 모두 떠날 준비가 되었다.

신중 아가씨와 경건 아가씨도 배웅을 하러 따라나섰다.

그 집 문 앞을 나서는데 하인이 불렀다.

"얼마 전에 여러분이 가야 할 큰길에서

강도 사건이 일어났다는군요."

너무도 놀라운 소식을 전했다.

"범인은 잡혔답니까?"

크리스티아나의 말에 하인이 대답했다.

"곧 사형을 결정하는 재판이 있을

거랍니다만, 부디 조심해서 가세요."

하인은 몇 번이고 당부했다.

"무서워서 어떻게 가지요?"

"엄마, 두려워하지 마세요. 용감무쌍 아저씨가 있잖아요."

아들 마태가 엄마의 손을 잡아끌었다.

"그래, 네 말이 맞다. 엄마가 또 쓸데없는 걱정을 했구나."

크리스티아나는 문지기와 작별 인사를 하고 그곳을 떠났다.

계속 길을 가다가 언덕 마루에 이르렀다.

바로 그때였다.

오른쪽 수풀 속에서 정말로 진기하고

아름다운 노랫가락이 울려나왔다.

"내 평생 받을

주님의 은총, 받고 또 받았네.

주님의 집만이

내 영원히 머물 곳이네."

일행은 그 노래에 귀를 기울였다.

이번에는 거기에 대답하는 노랫소리가 들렸다.

"왜냐고요? 우리 주님은 선하시고

그분의 자비는 영원하시며

그분의 진리는 항상 옳으시어

오래오래 변치 않을 것이기 때문이라네."

"누가 이렇게 고운 노래를 부르지요?"

크리스티아나가 용감무쌍에게 물었다.

"저 노래는 이 숲의 새들이 지저귀는 소리랍니다."

숲 쪽에서 고개를 떼지 못하고 있던 자비가 입을 열었다.

"아니, 저 노래가 새소리란 말씀인가요?"

"네. 봄날에는 거의 하루 종일 들을 수 있지요.
기분이 울적할 때는 더할 수 없이 좋은 친구고요."

"이곳이야말로 아주 평화롭고 행복한 곳이군요."

크리스티아나는 그 아름다운 새소리에 반했다.

"자, 우리 이제 이 겸손의 골짜기로 내려가야 합니다."

용감무쌍은 가파른 길을 앞서 내려가기 시작했다.

길은 미끄러웠다. 돌과 모래가 섞인 비탈길이라
다들 조심조심 내려갔다.

"여기가 크리스천 님께서 마귀 아볼루온과
싸움을 벌였던 곳입니다."

골짜기에 다다르자, 용감무쌍이 말했다.

"그러나 스스로 화를 부르지 않는 한 우리를
해칠 사람은 없습니다. 크리스천 님이 여기에서
싸움을 벌인 건 비탈에서 미끄러졌기 때문입니다."

"미끄러졌는데 왜 싸움을 했지요?"

"실은 자기와의 싸움이지요. 사람들은 미끄러져
험한 꼴을 당하면, 그곳에 무시무시한 악마가

있다고들 하는데 그렇지 않습니다. 다 자기 잘못 때문에

일어난 자기와의 싸움이지요."

"아, 그렇군요."

그 말을 들은 사람들은 더 조심스럽게 걸어갔다.

골짜기가 끝나자, 까마귀가 날아다니고

땅에는 열매가 가득했다. 모두들 천천히

길을 걷고 있을 때, 야고보가 소리쳤다.

"엄마, 저쪽 좀 보세요. 기둥이 하나 있어요."

야고보가 손짓하는 곳에 커다란

기둥이 하나 우뚝 서 있었다.

"뭔가 글씨가 씌어 있어요."

일행은 모두 기둥을 쳐다보았다.

"뒤에 오는 자들은 크리스천이 여기 오기 전에 미끄러진 일과

그로 인해 그가 이곳에서 겪었던 싸움을 경계로 삼으라."

기둥에는 이렇게 씌어져 있었다.

"언덕은 올라가는 것보다 내려가는 것이 더 어렵습니다.

아주 쉬운 일도 조심조심 행하라는 주님의 뜻입니다."

용감무쌍은 겸손의 골짜기에 숨어 있는 뜻을 알려 줬다.

골짜기를 벗어나자 초원이 나왔다.

아주 넓은 초원이었다. 얼핏 보기에도 땅이 기름지고

아름다웠다. 여기저기에 백합이 향기롭게 피었고,

멀리에는 뭉게구름이 한가하게 떠 있었다.

길을 가다가 양을 치는 소년을 만났다.

소년은 초라한 옷차림이었지만

얼굴빛이 깨끗했다. 눈빛도 맑고 코가 오똑했다.

소년은 혼자서 아주 또랑또랑한 목소리로

아름다운 노래를 부르기 시작했다.

다들 천천히 걸으며 소년의 노래를 들었다.

"낮은 곳에 있는 이는
떨어질 리 없지.
가난한 이는 교만하지 않고.
오직 겸손한 이에게만
하나님의 인도하심이 있다네.

가진 것이 많거나 적거나
나는 만족해.
주님께서 나를 구원하실 테니.

욕심내어 가득 안고 가 봐야

순례자에겐 무거운 짐일 뿐

조금 가지고도

행복을 누리리."

"크리스티아나 님, 저 노래 들으셨지요?"

용감무쌍이 물었다.

"네. 저 소년이야말로 비단옷 입은 자들보다

더 즐겁게 살고 있군요. 마음에 잔잔한 평화가

깃들어 있는 것 같아요. 듣기만 해도

저절로 마음이 편해지네요."

크리스티아나는 소년을 바라보며 말했다.

그 무렵 순례자들은 허영의 시장에 다다랐다.

"저곳이 허영의 시장입니다."

용감무쌍이, 멀리 바라다보이는 마을을 가리켰다.

허영의 시장은 바라보기만 해도

요란스럽고 어수선하게 보였다.

"주님의 오랜 제자 구브로 사람 나손이라는 분의 집을

제가 잘 압니다. 오늘은 그 댁에 가 묵으면 어떻겠습니까?"

허영의 시장을 향해 걸어가며 용감무쌍이 일행에게 물었다.

"저는 좋아요."

"저도 용감무쌍 님이 권하는 그분 댁에서 머물고 싶어요."

다들 나손의 집에 머물기를 원했다.

허영의 마을 변두리에 다다랐을 때는 이미 땅거미가 어둑어둑

지고 있었다. 어느새 저녁이었다. 날이 어두워졌지만

용감무쌍은 나손의 집을 쉽게 찾았다.

"나손 님!"

용감무쌍이 주인을 불렀다.

"이거 용감무쌍 님의 목소리가 아닌가?"

목소리만 듣고도 용감무쌍이라는 것을 알아차린

노인 한 분이 반가워하며 달려나왔다.

그 노인이 바로 나손이었다. 그분은 머리가 허옇고,

이마에 굵은 주름이 졌는데 아주 점잖아 보였다.

"피곤하실 텐데 얼른 들어와 자리에 앉으시지요."

나손은 두 손을 모아 예의바르게 인사하며 일행을 맞았다.

모두가 차례차례 그분의 안내에 따랐다.

"필요한 게 있으면 뭐든지 말씀하세요.

정성을 다해 모시겠습니다."

나손이 일행에게 다시 한 번 인사했다.

"우리가 원하는 건 잠시 쉬어 갈 집과

좋은 친구였는데 벌써 모두 다 얻은 것 같습니다."

크리스티아나가 두 손을 모아 인사하며 말했다.

"좋은 친구가 누구인지는, 어려운 일을 당해 봐야

알 수 있는 거지요."

나손은 방을 일일이 보여 주었다.

그날은 나손의 도움으로 이것저것 이야기를 나누면서

밤을 보냈다.

나손의 집에서 스무 날을 지낸 뒤였다.

나손은 자신의 딸 은혜와 마르다를 크리스티아나의 아들

사무엘과 요셉에게 아내로 주었다.

그 후에도 순례자들은 마을 사람들과 친하게 지내고,

봉사도 열심히 했다. 자비는 항상 그렇듯

가난한 이들을 위해 수고를 아끼지 않았다.

시간이 흘러 이제 순례자들은 다시 길을 떠나야 했다.

그들은 샛길 풀밭을 지나, 의심의 성을 지나

마법의 땅을 지나갔다.

나는 그들이 밤낮없이 걸어, 햇빛 아름다운 마을 뿔라로

들어가는 것을 보았다. 그곳은 과수원이며

포도밭이 있는 아름다운 곳으로, 하늘나라 왕이

다스리는 땅이었다.

일행이 도착하자, 마을은 마치 축제를 하는 것처럼

온통 들떠 있었다.

"마을에 순례자들이 도착했다!"

"그들을 맞으러 천군 천사들이 천국에서 내려온다!"

강가에 이르자, 일행을 맞아 주는 마을 사람들이

큰 소리로 외쳤다.

마침내, 빛나는 하늘나라의 모습이 보였다.

마치 일행을 위해 하늘이 열리는 듯했다.

"강물 맛을 보고 싶네요."

크리스티아나는 자신이 건너야 할 강 앞에 갔다.

그러고는 강물을 두 손으로 공손히 떠 마셔 보았다.

첫맛은 씁쓰름했지만 나중에는 달콤했다.

강물은 깊었다. 크리스티아나의 마음은

말할 수 없이 두근거렸다.

이 강을 건너면 하늘나라에 가 있는 남편 크리스천을

만날 수 있다.

크리스티아나는 집으로 돌아와 하루하루

향유를 모았다. 그리고 그것을 몸에 바르며
하늘나라로 떠날 준비를 차근차근 했다.
그러는 동안 하늘나라 배달부가 왔다.
"착한 여인이여. 나는 주님께서 그대를 부르신다는
소식을 전하러 왔습니다. 주님께서는 앞으로
열흘 안에 그대가 불멸의 옷을 입고,
그분 앞에 서시기를 바라고 계십니다."
그런 말을 하며 배달부는 크리스티아나에게
편지 한 통을 건넸다. 크리스티아나가
편지를 다 읽고 나자, 배달부는 자신이
하늘나라의 사자라는 징표를 내 보였다.
"화살입니다. 이것을 심장에 꽂으면
인간 세상을 떠날 수 있습니다."
징표는 사랑으로, 끝을 날카롭게 만든 화살이었다.
크리스티아나는 하늘나라에서 보내신
징표를 두 손으로 받았다.
하늘나라 배달부는 징표를 건네고 떠났다.
크리스티아나는 자신이 제일 먼저
죽음의 강을 건너야 한다는 사실을 알았다.

그러고는 아들과 며느리들을 불렀다.

"언제라도 약한 사람이 되지 말며,

자식들을 낳아 잘 키우고 성실하게 살아라."

그 말을 하고는 자신이 가진 것들을

가난한 사람들에게 모두 나누어 주었다.

그뿐 아니라 함께 가지 못하는 자비에게도 인사를 했고,

길을 안내해 준 용감무쌍에게도 고마운 마음을 전했다.

드디어 크리스티아나가 떠나야 할 시간이 되었다.

크리스티아나가 떠난다는 소식이 온 마을에 퍼졌다.

크리스티아나가 여행을 떠나는 걸 보려고

많은 사람들이 강가로 모여들었다.

"강 건너편을 봐요!"

누군가가 큰 소리로 외쳤다.

강 건너에는 크리스티아나를 맞으러 나온

말과 마차들이 벌써 와 있었다.

크리스티아나를 하늘 문으로 데려가기 위해서 온

마차는 꽃으로 장식되어 있었다.

크리스티아나는 배웅하러 온 사람들을 향해 손을 흔들어

작별 인사를 했다. 그러고는 강물로 뛰어들었다.

"주님, 제가 갑니다. 주님과 함께 머물며
주님을 찬양하기 위해 지금 갑니다."
크리스티아나는 그 말을 남기고 떠났다.
크리스티아나가 강 건너에 닿자, 천사들이 마차에
태웠다. 말과 마차는 황금색 햇빛을 따라
달려가더니 사라지고 말았다.
예전에 크리스천이 그랬듯 크리스티아나도
의식을 치르고 하늘 문 안으로 들어갔다.

크리스티아나가 세상을 떠났지만, 그녀의
아들과 며느리들은 강을 건너가지 않은 채
그곳에 그냥 머물러 있었다.
내가 떠나온 후에 들은 소식에 의하면
그들은 거기 살면서 교회를
일으켜 세울 것이라고 했다. ✽

● 이해 능력 Level Up!

1. 이 작품의 내용과 관련이 없는 것은 무엇인가요?

   1) 이 작품은 '나'의 꿈 이야기다.
   2) 이 작품은 '나'가 등장 인물들을 바라보는 형식의 글이다.
   3) 이 작품은 고난을 이기고 하늘나라에 다다르는 내용의 글이다.
   4) 이 작품의 주인공은 크리스천과 그의 아내 크리스티아나다.
   5) 이 작품은 종교와 전혀 관계가 없다.

2. 크리스천이 고향을 떠날 때, 크리스티아나가 함께 떠나지 않은 이유
   는 무엇인가요?

   1) 함께 가는 게 귀찮아서
   2) 가는 곳이 분명하지 않아서
   3) 남편이 미쳤다고 생각했기 때문에
   4) 고생할 것이 너무도 뻔해서
   5) 혼자 남아 아이들을 잘 키우고 싶어서

※ 다음 글을 읽고 물음에 답하세요.

"크리스천 씨! 날 좀 살려 주시오."

갈팡질팡 씨가 허우적거리며 손짓했다.

"나도 어떻게 할 방법이 없다오."

그 말을 듣자 갈팡질팡 씨는 크리스천에게 쏘아붙였다.

"방법이 없다고? 이런, 재수 없는 놈! 당신이 나한테 말한 <u>행복</u>이란 게 이런 거였소?"

갈팡질팡 씨는 온 힘을 다해 버둥거려 마침내 수렁에서 빠져 나왔다.

"난 돌아가겠소. 당신 혼자 가시오."

<u>나</u>는 꿈 속에서 갈팡질팡씨가 자신의 집에 도착하는 것을 보았다.

3. 밑줄 친 '행복'에 대한 설명으로 바른 것은 무엇인가요?

   1) 맛있는 것을 먹는 행복

   2) 좋은 집에서 사는 행복

   3) 좋은 옷을 입고 사는 행복

   4) 정신적으로 느끼는, 죄 없는 행복

   5) 돈을 쓰며 여행하는 행복

4. 두 번째 밑줄 친 '나'는 누구인가요?

   1) 소설 밖의 인물   2) 주인공

   3) 소설 속의 관찰자   4) 지은이

   5) 소설과는 상관 없는 사람

5. 크리스천이 언덕에서 십자가를 보자 어떤 일이 있어났나요?

   1) 하늘에서 불이 떨어졌다.

2) 등에 진 짐이 굴러 떨어졌다.

3) 수렁에 빠졌다.

4) 하늘에서 천둥이 쳤다.

5) 갑자기 하늘로 들려 올라갔다.

6. 천사가 크리스천에게 준 두루마리에 대해 잘못 말한 것을 고르세요.

1) 자신의 생명을 보장해 주는 것

2) 길을 안내해 주는 지도

3) 힘들 때 도움을 주는 힘

4) 하늘나라에 들어가는 통행증

5) 어려움을 견디게 하는 힘

※ 다음 글을 읽고 물음에 답하세요.

집으로 돌아오는 길에 울새 한 마리를 보았다.
울새는 커다란 거미를 입에 물고 있었다.
자비는 그게 무슨 뜻인지 몰라 어리둥절했다.
"저건 또 어떤 뜻이지요? 모르겠습니다."
자비가 울새를 쳐다보며 물었다.
"글쎄요. 그게 무슨 뜻일까요?"

7. 윗글은 무엇을 뜻할까요? 다음 중 하나를 골라 보세요.

1) 거미의 나약함

2) 겉과 속이 같아야 한다는 교훈

3) 욕심을 부리지 말라는 뜻

4) 울새의 용감함

5) 도전하는 것이 아름답다는 교훈

8. 다음 중 지옥으로 가지 않을 수도 있는 사람은 누구인가요?

1) 스승을 파는 사람

2) 성경 말씀을 파는 사람

3) 거짓말하는 사람

4) 욕하고 속이는 사람

5) 가난하고 돈 없는 사람

9. 크리스천이 정자에서 잃어버린 것은 무엇인가요?

1) 장갑   2) 신발   3) 영혼

4) 두루마리   5) 포도주

※ 다음 글을 읽고 물음에 답하세요.

해석자는 말을 마치고 크리스티아나 일행을
정원으로 데리고 갔다.
정원에는 나무 한 그루가 서 있었다. 그 나무는
속이 썩어 텅 비었지만 죽지 않은 채 자라고 있었다.
"이것은 또 무엇을 뜻하는 거지요?"
궁금한 나머지 자비가 또 물었다.

10. 윗글을 통해 얻을 수 있는 교훈은 무엇인가요?

   1) 입으로만 신앙 생활을 하지 마라.

   2) 나무도 크면 늙는다.

   3) 정원엔 별의별 나무가 있다.

   4) 겉과 속은 때에 따라 다를 수 있다.

   5) 큰 나무의 모습은 여러 가지다.

11. 진정한 신앙 생활이란 어떤 것인가요?

   1) 기도를 많이 하는 생활

   2) 찬송을 많이 하는 생활

   3) 남들 앞에서만 기도하는 체하는 생활

   4) 기도와 생활이 하나가 되는 삶

   5) 교회에 자주 가는 생활

※ 다음 글을 읽고 물음에 답하세요.

> 해석자는 크리스티아나 일행의 양 미간에 도장을 하나씩 찍었다.
> 도장이 찍힌 얼굴은 더 아름다웠다.
> 그건 장식일 뿐 아니라 품위까지 높여 주었다.

12. 윗글에서 해석자가 크리스티아나 일행의 이마 위에 찍은 도장은 무슨 표시일까요?

1) 하나님의 백성이라는 표시

2) 정숙한 여인이라는 표시

3) 하늘나라에 들어갈 수 없다는 표시

4) 그 어떤 유혹에 빠지더라도 보호해 준다는 표시

5) 음식과 잠자리를 주라는 표시

13. 자비가 하늘나라에 가기 전까지 두려워한 까닭은 무엇인가요?

1) 가족을 데리고 가지 않아서

2) 용감무쌍을 사랑하지 않아서

3) 지은 죄를 용서받지 못하게 될까 봐

4) 신앙심이 너무 부족해서

5) 하프를 연주할 줄 몰라서

14. 크리스티아나가 하늘나라로 가기 전, 자식들에게 한 말은 무엇인가요?

1) 돈을 많이 벌고 저축해서 나이가 들 때까지 넉넉하고 행복하게 살아라.

2) 약한 사람이 되지 말며, 자식들을 낳아 잘 키우고 성실하게 살아라.

3) 자식들을 많이 낳아 잘 기르고, 공부를 시키기 위해 좋은 학교에 보내라.

4) 성실하게 일해서 넓은 땅에서 넉넉하게 생활해라.

5) 교회를 세워 목회자가 되어라.

●논리 능력 Level Up!

1. 다음 글에서 밑줄 친 것이 가리키는 것은 무엇인가요?

> 언덕 밑에 이르자, 겸손의 골짜기가 나왔다.
> 크리스천은 그곳에서 큰 어려움을 맞게 되었다.
> 들판을 가로질러 다가오는, 아주 추악하게 생긴
> <u>괴물</u>과 마주친 것이었다.

2. 롯의 아내는 어떤 인물인가요?

3. 허풍쟁이는 어떤 인물인가요?

4. 허영의 시장에서 크리스천이 사겠다고 한 것은 무엇인가요?

_____

_____

_____

※ 다음 글을 읽고 물음에 답하세요.

친절은 크리스천을 위해 좁은 문을 열어 주었다.
"저같이 죄 많은 사람을 받아 주셔서 고맙습니다."
크리스천은 고개를 숙여 진심으로 인사를 했다.
"이곳에 온 이상, 예전에 무슨 일을 했던
상관하지 않는답니다."

5. 친절이, 밑줄 친 것처럼 말한 이유는 무엇인가요?

_____

_____

_____

_____

※ 다음 글을 읽고 물음에 답하세요.

> 친절은 앞에 난 반듯한 길을 가리켰다.
> "저 앞에, 좁지만 자로 반듯하게 재어 놓은 듯한 길이 당신이 가셔야 할 길입니다.
> <u>반듯하고 좁은 길</u>이 바른길이랍니다."
> 크리스천은 인사를 하며 등에 멘 무거운 짐을 가리켰다.
> "이 무거운 짐을 좀 벗겨 줄 수는 없나요?"
> "구원의 장소에 이를 때까지는 꼭 참고 가셔야 합니다. 그곳에 다다르면 저절로
> 떨어져 나갈 것입니다."
> 크리스천은 하는 수 없이 다시 길을 떠났다.

6. 윗글에서 밑줄 친 '반듯하고 좁은 길'이란 어떤 길인가요?

7. 윗글에 나오는 '무거운 짐'이란 무엇을 가리키나요?

※ 다음 글을 읽고 물음에 답하세요.

> 말을 마친 후, 해석자는 크리스천의 손을 잡고 이번에는 작은 방으로 안내했다.
> 방 안에는 두 소년이 각기 자신의 의자에 앉아 있었다.
> 그 중 나이 많은 소년의 이름은 욕망이었고, 나이 어린 소년의 이름은 인내였다.
> 욕망은 불만스러운 표정을 짓고 있었고, 인내는 평온한 얼굴을 하고 있었다.

8. 이 두 소년을 내세워, 무엇을 가르쳐 주려고 한 것일까요?

_____

_____

_____

9. 크리스티아나가 고향을 떠날 때 찾아온 이웃에게, '하나님의 이름으로 오신 분이거든 들어오세요.' 라는 말을 했습니다. 무슨 뜻인가요?

_____

_____

_____

10. 하늘나라의 초청을 받지 못한 자비가 하늘 문으로 들어간 이유는 무엇인가요?

_____

_____

_____

※ 다음 글을 읽고 물음에 답하세요.

"왜 날 따라오는 거요?"
크리스천은 자신을 따라잡은 사람들에게 불만을 터뜨렸다.
"당신을 집으로 데려가려고 왔소. 빨리 돌아갑시다."
"헛수고하지 마세요. 당신들이 살고 있는 곳은 내 고향일
뿐이오. 그러나 그곳은 곧 펄펄 타오르는 유황불로
멸망당할 거요. 당신들도 죽게 될 거고. 그러니 어서
나와 함께 좁은 문으로 갑시다."
그 말을 들은 옹고집이 어처구니없다는 듯 소리쳤다.
"뭐라고요? 당신 지금 제정신이요? 친구들을 버리라고요? 편안한 내 집과 내 가
족을 버리라고요?"

1. 윗글로 미루어보아 주인공 크리스천의 고향은 어떤 곳이었을까요?
   만일 그런 곳에서 산다면 여러분은 어떻게 행동할지 생각해 보세요.

2. 크리스천이 가려고 하는 하늘나라는 어떤 곳인가요? 또, 이런 하늘
   나라에 가려면 어떻게 해야 할까요?

※ 다음 글을 읽고 물음에 답하세요.

> 나는 꿈 속에서, 크리스천과 굳센믿음이 들판을 벗어나
> 마을에 다다르는 걸 보았다. 그 마을의 이름은 허영이었다.
> 그곳에선 1년 내내 시장이 열렸다. 이곳이 허영의
> 시장인 데는 이유가 있었다. 팔리는 물건들이
> 모두 헛된 것이며 모여드는 사람들도 모두 허영에
> 차 있기 때문이었다.

3. 윗글을 읽고 허영의 시장과 우리의 현실은 어떤 점에서 같은지 생각
   해 보세요.

※ 다음 글을 읽고 물음에 답하세요.

> 문을 열자 그 안은 매우 컴컴했다. 그곳에서 끔찍한 비명 소리가 들렸다. 안에 들어서자, 불가마에서 활활 불이 타고 있었고 유황 냄새가 코를 찔렀다.
> "이곳은 어디지요?"
> 크리스천이 코를 틀어막으며 물었다.
> "지옥으로 가는 샛길이지요. 유다처럼 스승을 파는 사람, 알렉산더처럼 성경 말씀을 파는 사람, 거짓말을 하고 욕을 하고 속이는 사람들이 지옥으로 가는 길이랍니다."
> 지식이, 비명을 지르는 사람들을 보며 말했다.

4. 윗글을 읽고 지옥에 대한 자신의 생각을 써 보세요.

5. 어떤 사람이 진정한 신앙인이라고 생각하나요?

6. 감언이설 마을에 사는 잔머리를 통해 어떤 점을 배울 수 있을까요?

7. 크리스천이 은광에 들르지 않고 지나간 이유는 무엇인가요? 만약 여러분이라면 어떻게 했을까요?

_____

_____

※ 다음 글을 읽고 물음에 답하세요.

> 해석자는 촛불을 켜 들고, 은밀한 방으로 크리스천을 안내했다. 방문이 열리자 근엄한 얼굴을 그린 초상화가 나타났다. 그는 손에 훌륭해 보이는 책을 들고 있었고, 입술에는 진리의 법이 새겨져 있었다. 머리에는 황금 면류관을 썼고, 뭔가 간절하게 호소하는 모습이었다. 그런 그의 뒤에는 온 세계가 펼쳐져 있었다.
> "이 초상화는 무엇을 뜻하나요?"
> 크리스천은 궁금하기만 했다.

8. 밑줄 친 '초상화'가 뜻하는 것은 무엇인지 생각해 보세요.

_____

_____

_____

※ 다음 글을 읽고 물음에 답하세요.

> "신사 양반들! 어디에서 오시는 길입니까?"
> "우리는 헛된 영광이라는 땅에서 태어난 사람들인데 시온 산으로 찬양드리러 가는 길이라오."
> 두 사람이 대답했다.
> "왜 문으로 들어오지 않고 담을 타고 넘어오시나요?"
> "문으로 들어가려면 너무 멀리 돌아가야 하니까요. 그래서 이렇게 지름길을 찾아 담을 타고 넘어온 거라오."
> "그건 하늘나라의 주님께 죄가 되는 일 아닌가요? 바른길로 가라는 하나님의 뜻을 어기는 거잖아요?"
> 크리스천은 예의바르게 말했다.
> "참, 고지식한 사람하군. 당신이나 그렇게 하시오. 담을 넘어 지름길로 오는 건 우리 마을의 오랜 습관이오. 그게 뭐 어떻다는 거요?"
> "습관이라고요? <u>잘못된 습관</u>이 주님의 법정에서
> 인정받을 수 있을까요?"

9. 밑줄 친 '잘못된 습관'은 무엇을 가리키는지 자신의 생각을 써 보세요. 만약 잘못된 습관이 있다면 어떻게 해야 할지도 함께 써 보세요.

_____

_____

_____

_____

 **풀이**

이해 능력 Level Up!

1. 5)　　2. 3)　　3. 4)　　4. 3)　　5. 2)

6. 2)　　7. 2)　　8. 5)　　9. 4)　　10. 1)

11. 4)　　12. 1)　　13. 3)　　14. 2)

논리 능력 Level Up!

1. 아볼루온이라는 이름의 괴물

2. 소돔이 멸망당할 때 재물이 아까워 뒤를 돌아보다가 그만 소금 기둥으로 변한 인물

3. 회개니 믿음이니 하고 떠들어 대지만 말뿐인 사람

4. 사고팔 수 없는 '진리'

5. 예수님께서, '내가 결코 내쫓지 않으리라.'고 말씀하셨을 정도로 너그러운 분이기에

6. 힘들어도 우리가 가야 할 옳고 바른길

7. 인간 세상에서 지은, 벗을 수 없는 죄를 가리킨다. 하지만 이 짐은,

구원의 장소에 다다르면 저절로 떨어져 나가게 된다.

8. 욕심을 내지 말고, 다가올 세상의 것을 평화로운 마음으로 기다릴 줄 아는 사람이 되라는 것

9. 주님의 뜻을 받아들이는 자하고만 말을 하겠다는 뜻

10. 가난한 이들을 위해 끝없이 봉사했기 때문에

논술 능력 Level Up!

1. 예시 : 크리스천이 살았던 고향은 죄 많고 거짓과 사치가 당연시되는 도시다. 그런 모습을 본 신이 분노해, 그 도시가 머지않아 펄펄 타오르는 유황불로 멸망당할 곳이라고 크리스천이 안고 있는 책에 적혀 있다. 내가 만약 그런 곳에서 산다면 그냥 죄를 짓는 분위기 속에 젖어 무엇이 잘못되었는지도 못 느낄 듯싶다. 다른 사람도 그렇게 행동하며 살기 때문에 나도 거짓말하고 사치스럽게 사는 것이 당연하다고 생각할 것 같다. 그런 분위기 속에서 잘못을 반성하는 것은 무척 어려운 일일 테니까 말이다.

2. 예시 : 하나님의 말씀을 직접 듣고, 하나님의 얼굴을 직접 뵐 수 있는 곳이다. 또한 하나님을 찬양하며 살 수 있으며, 먹고사느라 발버둥을 치지 않아도 되기 때문에 그로 인해 생기는 고통이 없는 곳이다. 사람들 사이에는 사랑이 넘치고 언제나 행복으로 가득 차 있으

며, 영원한 생명을 얻어 죽지 않는 곳이다. 이렇게 행복한 세계인 하늘나라로 가기 위해서라면 나보다는 다른 사람을 먼저 생각하고 언제나 하나님의 말씀대로 살아야 하며 착한 마음을 잃지 않아야 한다. 그리고 다른 사람에게 해가 되는 행동을 해서도 안 된다고 생각한다.

3. 예시 : 허영의 시장은 주로 술과 사치와 도박과 사기, 범죄 등을 팔거나 사거나 또는 그것들을 즐기는 사람들이 사는 곳이다. 그곳에서는 법도 올바르지 않아 왕이 제멋대로 권력을 휘두른다. 우리가 사는 세상도 이런 점에서 허영의 시장과 비슷하다고 생각한다. 지금 이 세상은 방탕하게 사는 사람이 적지 않고, 바른길을 가기보다는 자신의 즐거움을 위해 다른 사람에게 피해를 입히는 사람 역시 상당히 많다. 또 법을 지켜야 할 사람들이 오히려 법을 어기고 교묘하게 이용한다. 그런 이야기들은 매일 신문이나 텔레비전 뉴스에서 볼 수 있다. 사람들은 욕심이 너무 많아 그런 행동을 한다. 그래서 이 책에 나오는 허영의 시장과 아주 비슷하다고 생각한다.

4. 예시 :지옥은 거짓말을 하거나, 남에게 욕을 하거나, 스스로 죄를 짓거나, 스승을 팔거나, 성경 말씀을 파는 사람들이 가는 곳이다. 유황불에 타거나, 뜨거운 불 위를 걸으며 비참한 고통을 받으며 산다. 영원히 그 고통을 느끼며 살아야 한다. 지옥이란 곳이 꼭 있다고 보기는 어려우나, 착하게 살려고 하지 않는 사람들로 하여금 바른길로 가도록 이끌어 주는 역할을 하는 것이 아닌가 하는 생각이

든다. 적지 않은 사람들이 죽은 뒤의 세상에 대해서도 관심이 많고 언제나 보답을 바라기 때문에, 지옥에 대한 이야기를 마음에 담고 경계하게 하기 위해서라고 생각한다.

5. 예시 : 우리 주변에는 입으로만 신앙 생활을 한다고 떠들어 대는 사람들이 상당수 있다. 그들은 항상 성경을 읽거나, 늘 교회에 다니거나, 성경 구절을 마음 깊이 새기며 사는 사람이라고 보기 어렵다. 진정한 신앙인은 처음 가졌던 마음을 끝까지 가지고 주님의 말씀대로 신앙심을 지켜 가는 사람이다. 말뿐이 아니라 행동으로 신앙의 뜻에 따르는 것이다. 그런 사람이어야만 다른 이들이 그들을 보고 본받고 싶은 마음이 들 것이며 진정한 신앙인이라고 인정할 것이라고 생각한다. 적어도 하나님의 이름을 욕되게 하지 않는 것이 바람직한 신앙인의 기본 자세이다.

6. 예시 : 비단옷을 입을 때도 신앙심이 깊어야 하지만 누더기 옷을 걸칠 때도 한결같은 태도를 보여야 한다고 생각한다. 그렇기 때문에 쇠사슬에 묶여 있을 때도 주님을 의지하고 따라야 한다. 작가는 이런 사실을 크리스천의 입을 통해 전하고 있다. 그러나 잔머리는 이름 그대로 자신을 돋보이게 하고 싶어 신앙심이 깊은 척하는 사람이다. 그런 사람은 진정한 신앙인이라고 할 수 없다. 크리스천은 그런 사람과는 함께 갈 수 없다고 말한다. 그것은 너무나 당연한 말이다. 이를 통해 신앙은 남에게 과시하기 위해 있는 것이 아니라는 점을 배울 수 있다.

7. 예시 : 금은보화란, 그런 것을 탐내는 자들을 유혹하는 올가미다. 보석이란 하늘나라에 가려는 순례 여행에 방해만 된다. 보석을 탐내기보다는 당연히 깨끗한 마음으로 순례 여행을 해야 하늘나라에 이를 수 있기 때문이다. 크리스천은 그와 같은 생각으로 은광을 지나친다.그러나 그런 사실을 잊어버리고 돈을 좇는 사람이 아주 많다. 나였다면 금은보화의 유혹에 넘어갔을 것 같다. 이 세상은 돈을 중요하게 여기는 사람들이 너무나 많기 때문이다. 이와 같은 까닭에, 바르게 살려는 사람이 오히려 좋은 대우를 받지 못하는 경우도 있다. 금은보화를 많이 가지고 부자로 떵떵거리며 살고 싶은 유혹을 견딜 수 있는 사람은 별로 없을 것이라고 생각한다. 그렇기 때문에 지은이는 이 작품을 통해 물질을 중요시하지 않는 마음가짐을 가지라고 자꾸만 강조하는 것 같다.

8. 예시 : 하나님을 섬기고 사랑하기 때문에 이 세상 모든 것들을 버릴 수 있는 사람만이, 다가올 세상에서 영광의 보상을 받게 된다는 뜻을 가진 그림이다. 자신이 가진 것을 버린다는 것은 정말 아무나 할 수 없는 일이다. 그렇기 때문에 그런 사람이야말로 진정 깊은 신앙심을 가졌다고 할 수 있다. 그리고 마땅히 보상을 받아야 하는 사람이다.

9. 예시 : 습관 중에는 좋은 습관도 있다. 그러나 길에 침을 뱉는다거나, 휴지를 아무 데나 버리는 것처럼 나쁜 습관도 있다. 그런 습관이 나쁜 이유는 다른 사람에게 피해를 주기 때문이다. 또한 반드시

다른 사람에게 피해를 주지는 않는다 하더라도, 나중에 가서는 자신의 행동이 옳은지 그른지 판단조차 못 하게 될 수 있다는 점에서 잘못된 습관은 늘 경계해야 한다고 생각한다. 잘못된 습관은 몸에 배기 전에 미리미리 고치는 것이 가장 좋다. 일단 습관이 된 것은 고치기가 무척 힘들다. 시간도 너무 오래 걸린다. 그런 고생을 하는 것보다는 아예 그런 습관은 들이지 않고 좋은 습관만 기르도록 노력하는 것이 더 바람직하다. 나도 밤늦게까지 깨어 있다가 아침에 늦게 일어나는 습관이 있는데, 빨리 고쳐야겠다고 생각한다. 밤에 늦게까지 깨어 있으면 확실히 몸도 피곤하고 자꾸만 컴퓨터 게임 같은 것을 하고 싶어지기 때문이다. 그리고 하루를 상쾌하게 시작하기 위해서라도 아침에 일찍 일어나는 습관을 들여야겠다.

※효리원 세계 명작 시리즈는 계속 발간됩니다!